KB145539

두 번째 시집

바람의 노래가 되리

서운근 시집

맑은샘

서운근 시인

약력
1961년 전남 신안에서 태어났으며 광신대
학교와 개혁신학대학원을 졸업하였다.
현재는 전남 화순에서 목회자로 활동하고
있다.

2009년, 〈미션21〉 신문사 신춘문예에 「바람 새」로 등단하여 〈미션21〉 작가
회에서 활동하며 미션 문학 제4집~제12집을 공저하고, 2022년 현재 〈미션
21〉 작가회 회장을 맡고 있다.

2021년   시사문단 시 부문 「집시의 고독」 외 2편 「앙상한 풍경 사이」,
         「사월의 나무들」로 신인상 수상

2021년   서정문학 시 부문 「봄날의 장미」 외 2편 「나는 일생의 바다로 그
         숲을 기억하다」, 「그리운 그 바다였다」로 신인상 수상

2021년   창작산맥 시 부문 「청록」 외 2편 「어떤 꽃씨」, 「담쟁이 표현」으
         로 신인상 수상
         창작산맥 회원

2021년   한반도 문학 시 부문 「시간의 처음」으로 신인상 수상
         한반도 문학 회원

저서/시집   『상록수 기억이 말해주다』 2022년 맑은샘 출판사

이메일   dulgilseo@hanmail.net

나는 다시 두 번째 신발 끈을 꽉 조여 맸다.

세상 창밖으로 뒤척여야 할 것들을 설렘의 결실로 거두는 것이다.

길은 언제나 놓여 있었고 그 길 위로 시간은 더욱 다져지고 있는 것이다.

그동안 나를 일깨웠던 수많은 시어의 어원들은 삶의 글월로 깊었었거니

다시 손잡고 나서듯이 건네는 할 말의 속삭임이다.

세상을 두드리고 보면 그곳으로 현실감은 더욱 두드러지고

눈뜬 내일의 그리움이 더욱 활기차게 차오르고 있었다.

시를 바란다는 것, 시를 원한다는 것 모두가 시인이 되는 것이다.

어떤 행복감으로 세상을 수놓을 것이었던가?

세상의 고단함을 두고 그 속에서 꺼내는 위안의 기술들,

그것을 지금껏 누렸기에 아픔이 있었어도 다시 힘을 얻는 계기로 울먹거렸다.

나의 두 번째 시집이 누군가의 손에 쥐어지고 읽히고 뜻을 삭힐 때,

그 속에 단 하나의 소망이 있었다고 하면 그만이다.

그리고 사랑한다는 그 말 진솔하게 깊어졌을 때

시인의 소임은 다한 것이다.

이를 위하여 사방으로 깊어지는 것들에 대하여 뜻을 물었고
그리고 그 값어치를 묻고 또 물으며 벗으로 삼았던 지난날들,
이렇게 한 권의 묶음으로 내놓는 것이 참 다행이다.
기억의 진정한 축복을 위하여 세상을 부르짖는 까닭은 아름다운 것이다.
그 자리에 주력하는 소임의 자리 거드는 것은 더욱 진지한 관망이다.
나는 시를 여쭈어 그 뜻을 바라는 것이다.

그렇듯 이 자리를 빌려 사랑하는 이들의 수고를 기억하고 감사한 마음 들춘다.
늘 곁에서 격려와 수고를 감당한 아내와 의기투합에서 복잡한 과정을 다 걸러내고 아빠의 시집 두 번째를 위하여 수고를 아끼지 아니한 부산의 큰딸과 호주 퍼스의 작은딸, 또한 함께 지혜를 모은 두 사위와 아들 주호까지, 모두가 한뜻의 응원을 힘입어 시집 두 번째도 세상을 걷게 되었다.
그렇듯 더욱 정진하여 기회가 되는 대로 계속하여 시집의 걸음이 이어지기를 소원하며
시집을 손에 쥐고 격려해주실 독자분들을 헤아리며
가슴 뜨거운 집필의 고백을 여기 남긴다.

2022년 4월
봄꽃이 만발한 기슭에서,

서운근

4

제5부 | 빛과 그림자

제6부 | 바람 새

제9부 | 익어가는 소리

제10부 | 바람이 불면

제1부

눈물이 마를 때까지

아직도 그곳엔

기찻길 옆 기슭 오월의 찔레꽃
향기로움 가득하다
누가 불러줄 저 이름인가?
아른아른 소소하여도
무슨 서운함 없는
저 순결함
바람결이 쓰다듬는다

아픔의 꽃 찔레여
일찍이 애끓음을 알았던가?
하루 몇 번
소스라치게 지나갔을
완행 기찻길 기슭
초록빛 향유 속에
찔레꽃 정겹다

혹여 잊고 갈 세월
더 쓰다듬고 갈 꽃빛 향유
오월이 얼마큼 깊고
또 어지간히 진한 추억이 아니냐고
아직 그곳엔 별빛 찔레꽃
그리움 아른아른
길섶의 노래 하염없다

호박죽

잊혀진 별미였던가
가끔 읽혀진 자양분이었던가
삶의 가장자리
한 줌의 흙에 감싸져 줄기를 뻗고 노란 꽃을 피워
다들 말하던 늙은 호박
그 속살이 영글기까지
그토록 흔한 가치를
하릴의 몫으로 지켜온 이유
소박한 설렘의 기여,
이제 입안 가득히 채워오는 향긋함
어떤 추억의 맛
가슴 한곳 저리는 맛
하지만 더 맛으로
지난한 날의 향유인 듯
결코 구기지 않을 모정의 맛인 듯
그 온정의 깊이로
한 그릇 맛을 지킨다

실개천

아주 오랜 기억으로
쉽사리 손때 묻지 않은 흔적을 품은 채
그 속 깊은 정감을 흘려보낸다
거기 어울린 것들은
강물의 맑음을 거드는 물풀과 쌓인 모래톱
그 사이 스치는 청아한 이야기가 깊다

새겨보면 볼수록
소박하기 그지없는 풍경들
그 속엔 굽이굽이 엄연한 질서가 올곧다
그렇게 여린 소회를 따라
꽃피고 새가 울며 깃들이고
청산의 깊은 계곡 맑음이 모아들었다

잘 다듬어진 멋이 아니라도
바람이 길을 내고 순수함이 길을 다져
거기 묻어나는 서정 또한 순결하다
얼핏 지나쳐 보면
초라하기 이를 데 없고 황막함이 깊어도
그 속엔 맑음의 그 선율이 깊다

일약 화려하지 않아도
빛살의 고운 결을 새기며
기어이 시절의 담론을 품은 고백이다

잘 다듬어지지 않아도
자연스러운 정감과 낭만을 표출하면서
추억의 길을 다지며 흐른다
실개천 그곳은 지금
아주 오랜 진솔함을 고즈넉이 읽히며
작은 이름의 소중함을 역설한다

땅에도 별이 뜬다

언뜻 밤하늘 은하수
그 초롱초롱함이 떠오른다
그것도 지난밤 하늘에 빛나던 별빛이었다
세상에 가장 낮은 어귀
봄빛 타고 흐드러진 꽃빛,
하찮다 하였을 풀꽃 하나에 깊어진 꽃빛,
큰개불알풀꽃이란다
아마도 어떤 어둠이 그렇게 흐르나
빛나고 있는 것이라
발붙임의 그 자리 기꺼이 돋아나 자란 곳
한 잎 풀잎 뒤척이다가
그리도 맑은 이야깃거리 에둘러
봄의 길 밝히나
낮별은 하늘에 안 보여도
땅 위에 낮별은 보이나
이 꽃, 저 꽃, 언약의 별빛
시름 찬 그 거리에
숭고한 사랑 울먹거렸다면
너는 외롭지 않다
어떤 나그네 연유 그거였다고 하면
오는 봄, 가는 봄,
그렇게 무심하진 않으리라
흔들거리며 빛나는 별빛,
땅 위에 축복으로 빛남이라

고전문학

빛바랜 청춘이 그 주인공으로
펜을 잡고 있었다
그 한참의 응시를 두고 먼저 읽기로
거듭되는 시나브로
척박한 땅은 입을 열었다
무한의 여력이 유한의 번짐으로 이어져
시절의 표지를 일삼고
문학의 세계로의 초대를 이끌어
손에 쥐고 마음에 담는
실체의 경이로움
더 읽음의 깊이로 고스란하다
그곳엔 변명이란 없었다
경우에 따라 달라지는 풍습은 갖추었어도
언제고 그 한뜻이란
그 터전에로 치켜세운 목도
청춘은 펜을 들었다
그리고 빛바랜 청춘이라고 썼다
하지만 새겨짐에 대하여
아직도 세상은 그 두툼함으로
세월의 연도를 남기며
현재로의 위상을 떨침,
깊은 문학상의 언지를 띄운다

찔레나무의 새순

지지리도 못났다고 하였더냐
사이사이 나무숲에서
시절이 그렇더라고 하였더냐
겉으로 다 드러낸 아픈 일생이 아니더냐
자태라고 기꺼이 흔들거렸어도
가까이 앙상함 들여다보면
돌연 피하고 싶었을 거추장스러움
쉬 보듬어지지 않았을
그 천덕꾸러기가 아니었더냐
하지만 모르는 소리였구나
더 가까이 헤아림의 깊은 몫으로
아픔과 고통의 쓴잔 사이,
움틈의 봄빛이 올곧게 담겨 있었구나
거친 광야의 한마디 할 말 아니더냐
그 어떤 이유를 두고도
이 한마디 할 말 짙푸른 열망이었구나
봄빛이란 그 한마디 할 말,
가슴 속에 사무치도록 더 듣고 나면
곧게 차오르는 위안의 외침
그렇게 가시가 성성하였어도 먼저 주는 아픔이 아닌
기다림과 그리움 죄다 버무려져
시절의 방향 엿보인 경이로운 새순
애잔한 가슴앓이 사랑이라고
변방의 뜨거움 속삭이리라

―――――

　　움트는 삼월의 찔레나무를 바라보며

18

강바람

먼 길 달려온 바람결
맑은 강물 위에 뒤척일 제 모습
싱그럽게 가다듬어
정작 나그네 시름 적신다

제 모름지기 시절 절절하게 새겨두어
묻지 않아도 가까이
더욱더 여쭐 그리운 줄거리
다 풀어 제친다

그래, 머문다는 것이 무엇이었더냐
모질게 아름다운 기억의 뿌리
설레다가 아프다가
더 희어진다

강둑을 걸어보면 익히 그랬던 것들
고즈넉한 추억이라고
계절의 갈피를 넘겨
만감에 젖었다

강바람을 맞으면
그 바람결에 더 깊어가는 세월
소소한 행복의 흥정이듯
사색의 여울이다

숨어 우는 새

숲을 생각하면 그곳엔
어느 새가 있었다
제 울음 남기고 있었다
쉽게 말하기는
제 삶을 사는 거라고 하겠지만
거기 에둘러 이른 사연
어찌 눈을 감고 귀를 막으랴
숲에 사는 새는
제 소원 청아하게 남기며
삶이라는 언어 구슬프다
듣고 돌아서면
세월이 아니었던가?
추억이 아니었던가?
숨어 우는 새,
그래도 엿듣고 있는 그리움,
가까이 들춘다

그리움이 창가에

나보다 더 먼저 깬 그리움이
창가에 버티고 있다
어서 길을 나서잖다
그토록 모름지기 두둔하던 가슴앓이 사연
설왕설래 챙겨가잖다

기슭의 시선이잖다
그 해오름 녘에
하룻길 일찍이 산새들 우지지고
이미 꽃빛 눈떠
상긋한 문안이란다

어떤 중심의 가치였던가?
그토록 나를 따른 번짐의 사귐
저만치 살가운 사랑
가까이 이를 사랑
그 애달픔이잖다

나를 채우려 한 그리움이
창가에 기대고 있다
어쩌든 밉지 않게 나의 성화를 자처하며
또 하루 올라설 망루에
그리운 얼굴 헤아림 밝잖다

붉은 동백꽃

많은 사연을 담고
기나긴 기다림의 값을 치고
안 그래도 모자란 듯
어떤 더함의 사색을 붉혀
하필이면 나를 향하나

아직도 모자란 나의 상념
보았다고 하였지만
철없이 나댔고
사려 깊지 못한 세월
아니나 다를까

이렇듯 나를 비추니
벌써 시절 이만큼
붉은 속삭임
나는 나에게
지금 말하고 있다

무척이나 바쁜 세상
하지만 한 발자국도 움직이지 않고도
느긋한 저 꽃빛
그런데 우러름
나도 향함을 엿본다

4월의 봄날

풋풋한 초록들이
여기저기 기슭의 입담으로
아지랑이 뒤척인다

고운 꽃들 아름아름 쓰는 편지
곧이곧대로 그리움
바람결에 쌓인다

어쩔 것이냐 내심 일컫는 상념의 풍경
이것이 바로 4월이 건네는
상긋한 선물 꾸러미다

울고 웃는 세상 더불어
함께 하자던 다짐
4월의 봄날이 그 얼굴이다

아니 기억이던가?
가난한 마음의 축복이 아니던가?
다시금 그 향유 재촉한다

싱아의 땅

잡초의 한숨이 철들어
어디든 길이다
가난의 무게를 짜깁기하였던
일상의 부요한 땅
문득이란 문을 열고 내달린다
어디만큼 왔다고 뒤돌아보았을 때
아직도 그 땅은 가까이
내 발길의 방향 향긋하게 고쳐시킨다
어떤 글말의 외침처럼
그 싱아는 누가 다 먹었을까?
나도 먹었었는데,
내게 살이 되고 피가 되었었는데,
나는 아직도 이처럼
지긋한 신맛의 그 땅을 걷고 걸어
이렇게 어디쯤
그 어드메냐고
오솔길이다
그 싱아는 얼마큼 돋아났을까?

추억이란 아름답다. 사연 많고 도드라진 것이라도 저만치 멀어져 되돌아 새겨보면 이루 말할 수 없는 것이라고 이구동성이다.

싱아는 삶의 신맛을 일깨웠다. 그때는 몰랐지만 철들어 세상 닳고 보니 그 말이 어쩜 그렇게 와 닿는가?

지금 그 땅은 시골이다. 도시의 그늘에 눌려 외롭고 쓸쓸하다. 하지만 변하지 않는 고향의 절개 우직하게 지키며 떠나간 나그네 발길, 그리운 언약이라고 이슬 내리고 꽃피는 땅으로 자처하고 있음이라.

세상 행복이란 그 어디에 있는 몫이던가? 어제와 오늘이 그렇게 묻고 묻던 가슴앓이 충고들, 자칫 까맣게 잊고 지냈을 그 싱아의 땅, 지금도 봄의 기운 훈훈하게 품고 그래 그렇구나, 하는 그 소회 어린 회한의 가슴 향하여 제 몫의 신맛, 오롯이 속삭이고 있지는 않는지!

싫지 않은 흙냄새 한껏 버무리고 있으리라.

민들레 꽃길에서

어떤 샛별의 눈동자를 보려는가?
발밑 하늘이 푸르고
둥근 달이 떴구나
구슬픈 그리움이 목마를 탄다
사랑을 격려하는구나
잔잔하고 참한 이야깃거리
훈훈하게 번졌구나
그래, 누워버린 행복아!
그 자리 어떻든 그리운 다짐
순수함만이 기회라
쉬 고개 들 수 없는 세상살이 더불어
고개 숙여 높은 하늘일까?
꽃이여, 흔하디흔해서
남루한 외로움 축복하여라
대뜸 맹목적이지 않게
눈부신 갈망을 기다려라
너를 아는 삶의 이야기꽃은
얼마큼 향기로울까

언뜻 흐드러진 꽃이라고 하찮게 여길 수 없나니
무엇보다 그 사연 헤아려 다가서면 촉촉한 눈망울의 정으로 마음 머뭇
거릴 것을, 바쁘게 내치는 발걸음 붙잡고 한 번쯤의 고독, 뒤흔들어 보아
야 하리
꽃이 있는 그곳이 정녕 옥토가 아니었던가? 세상 정들어 사는 그곳, 그
몸살이 어쩜 행복한 귀띔이리라.

눈물이 마를 때까지

지금 여기 있다
어디만큼 왔냐고 하였다면
지금 여기 있다고
그래도 스쳐 간 날들 삭히리라
아직도 여기
봄은 오고
또 계절은 말없이 짙나니
허투루 주마등 아닐 것
누구에게 물어보라
그 하등의 할 말이란
죄다 가슴앓이 아니었던가?
여기 서 있기까지
애증의 눈물은 정하리라
아, 그리움 한 자락
어떤 부요한 몫이라고
비밀스런 마음의 눈을 들어
아린 설렘의 기여로
기꺼이 읊조려 보련다

화가의 애수

화폭의 행복을 묻습니다
담아둔 정성이
어찌 값으로 헤아려질까요?
정성의 값으로
꽃이 태어나고
숲이 태어나고
향긋함이 묻어납니다

화폭의 추억을 묻습니다
상상의 나래란
몰입의 내레이션
순수를 가다듬고 나선
기억의 잔물결,
화첩의 숨결
비경의 소회로 깊습니다

화폭의 물음을 담습니다
그 등장의 흔적은
소쩍새가 울고
아지랑이 소곤거리고
깊은 상념이
동경의 대상으로
나그네 여울 채웁니다

어느 날 내게로

어느 날 내게로
어떤 별명 하나 달랑 들고
내 가슴에 긋는 밑줄
어찌할까?

아파본 이유가
명약처럼 있다는데
세상을 더 성숙하여야 하는
처방일까?

어쩜 나의 하소연
모진 그리움 앞에서 그만
울었던 날들
그것일까?

달랑 화수분의
그런 분량만큼의 향유로
이미라는 것
애련일까?

이슬 고인 가슴의 시를
얼마큼 더 써야 할
더 읽어야 할
행복일까?

벚꽃 졌다

벌써 벚꽃 다 졌네
내 그럴 줄 알았어
시건방 떨더라
그 호들갑 떪이 얼마였더냐
홀연히 떠나버린 뒤안길이구나

꽃빛 그 자리
조금만 더 주저앉아
마음 진실 하였더라면
이 눈물 아니 흘렸으리니
이젠 별수 없구나

바야흐로 세월이구나
떨떠름한 아첨의 입술아
이제 그만 벚꽃 사랑 내뱉어라
그 헛배 부른 사랑
모르긴 몰라도 너는 알리라

벌써 벚꽃 다 졌네
정말 나는 어떡하라고
그래, 허허 기워
내 찔레꽃 사랑
다시금 뒤적뒤적 배우리라

내가 할 일

바람의 길을 생각하기에
내가 할 일이라 하고
그 의미를 헤아려
그리움이라 한다

꽃빛의 길을 생각하기에
내가 할 일이라 하고
애증의 끝에 매달려
지긋함이라 한다

삶의 이유를 생각하기에
내가 할 일이라 하고
아픔도 헤아려
애달픔이라 한다

좋아한다는 말을 생각하기에
내가 할 일이라 하고
그 깊음 가다듬어
소중함이라 한다

항아리

덩그러니 항아리 눈을 뜨면
거기 장독대의 고향이
숨 쉬는 숨결이다
언제고 가슴에 달과 별 긷고
하늘 헤아림 긷는다

거긴 얼핏 현자의 문안
하루아침이 아니었음을 엿보고
지긋한 이야기꽃이
향긋한 술래처럼
쟁쟁하게 내비쳐진다

두드려보고 매만져보아도
옹기장이 울림이랄까
기꺼이 토성의 목마를 타게 하는
옛 그리움 머금어
맛이 익어가는 분량이다

어쩌면 세월 토라졌을
저만치 멀어져간 징소리 소회처럼
하늘과 땅이 있는 그곳,
고향이 산다고
맑은 울림이 항아리에 있다

꽃 잔디가 기어 다닌다

소나무 가로수 밑에
어찌하여 꽃 잔디가 기어 다니는가?
꽃 잔디가 소리 없이
화사하게 웃는다
때론 바람의 기억
머뭇거리고
또 성큼거리고
아주 나딩군다
어떤 척박함을
죄다 오롯이 파헤친 듯
그 연민 또한 거둔 듯
정 깊음 눈떴다
어떤 상념 뒤처지지 않게
소원의 빛깔
부득이한 사랑인 듯
시절 짐 지고 기어 다닌다

짠물이 아닌 줄 알았다

거기 푸른 나무가 있었기에
짠물이 아닌 줄 알았다
푸른 숲을 이루고 있었기에
바다가 아닌 줄 알았다
그동안 알고 있던 나무의 뿌리 내림은
민물을 먹고 자랐기에
호수인 줄 알았다
하지만 바다의 나무였고
바다의 숲을 이루고 있었다
짠물이 일렁이고 있었다
처음엔 누구도 말해주지 않았다
바다라 말해주지 않았다
바다의 나무라 말해주지 않았다
하지만 한참을 지나고서야
그 나무가 짠물을 머금고 자라는 나무,
맹그로브 나무란 걸 알았다
안 그래도 숲인데
바다에서 자라는 나무라고
그 헤아리는 마음
더욱더 숙연하고 아리도록
짠물 속에 푸르고 있었다

태국 푸켓 팡아만의 맹그로브 나무 추억에 부쳐

석양

서쪽으로 넘어가는 햇살
그곳을 보고 더 보면
그 너머 그리운 고향으로
그리운 아침으로
훤히 떠오를 거야

저기 흘려보내는 맘
더 띄우고 또 띄우고 나면
그 너머 깃든 정으로
서린 그 꿈으로
밝게 떠오를 거야

값지다 값싸다 하던 날
노을빛 계수라고
더 가다듬고 또 보면
새날의 소중한 빛이라고
햇살은 떠오를 거야

목련의 노래

어느 가슴에 꽃이 될까
숱한 나그네 길에
소리 없는 울림
누가 보듬을까?

우두커니 그 한 그루
계절을 담은 사색의 줄거리
곧게 기웠으니
설렘의 값이라

어떤 진심 채워 주련가?
세상 이야기꽃으로
깊음의 어귀
애증의 꽃빛이라

가슴의 봄날 환희의 주마등
훤히 밝히고 나면
꽃의 시선 가까이
그 너머 가닿음이리라

스펑나무

우직하게 뿌리내린 스펑나무
오랜 세월 턱을 괴고
어느 길손 묵묵히 기다리나

그 터전 그토록 힘주었을 열정
모두 식어버린 그늘에
나무의 몸통만이 굵어졌다

사람은 그 무엇에 가까이 가나
저 흔적의 지긋한 헤아림 보듬어야 할 이치
숨 바람이 인다

시간이란 저렇게 덧없이 깃들어
그 언제였던 그 역사의 현장, 보이지 않는 밀리미터의 속도로
세월 도드라졌다

사람은 그 무엇을 기억하나
진실하고 솔직하고 순수하자고 얼마큼 일깼나
그저 옹졸함 짐 지지 않았나

스펑나무, 천 년의 세월 버티며
늘어진 어깨 파릇파릇 그리운 시선 오롯이 열고
잊어서는 안 될 풍경의 방향 거든다

　캄보디아 앙코르 왓트에는 스펑나무가 의미 있게 자란다.

찔레꽃 피면

세상의 기억이 푸르다
절절한 아지랑이 피어오른다
신록이 말하는 그곳에
꽃이 말하는 그곳에
그리운 맘 뿌리 깊으리라
비로소 눈뜬
헤아림의 몫이던가?
언제고 그랬던 꽃내음
그 담금질
아픈 상처를 보듬어
행여 올거나
흐드러진 주마등
찔레꽃,
그저 마디진 외로움
그저 아니었음을
훈훈한 사랑 엿보리라
찔레나무의 4월,
그 설렘이 푸르다

바람의 그림자

흔적들이 단호하다
그 속내가 순수하다
바람이 바람 되어
온종일 흔들거려준다
바람이 바람 되어
그림자 된다

흔적들이 예스럽다
그 새로운 것으로 새롭다
기억이 기억되어
바람의 기억으로 흩어진다
그러나 그 소리는
결코 헝클어지지 않는다

나뭇잎 부딪치는 풋풋한 울림이
바람의 속내를 내비친다
바람이 바람되어
바람결의 그림자가 된다
그토록 풋풋한 향유는
바람의 향유다

바람이 바람되어 쌓이는 것은
썩지 않는 녹빛
그것은 숭고한 그림자
바람이 바람되어 남기는 것
그 바람의 깊이로
온종일 바람결에 한들거린다

너울가지

보이지 않는 손
곱게 내밀면
언제고 뒤척여질 행복
그리움 하나 더
소박하게 얹어지면
거기 맞닿을
어줍지 않을 기약
내내 꽃이 되고
향긋함 되어
가는 세월 허허 무게
가볍게 나누리라
곧게 여미리라

제2부

섬, 그만큼 외로워 보았던가?

섬진강

보라 저 맑은 물결
거친 세상 굽이쳐
가야 할 길 여쭈듯
굽이굽이 흐르고 있다

거긴 맑은 강바람이
아득한 봇짐
아려하게 걸쳤거니
애증의 정도 내달린다

강을 알고 사는 사람이면
여기 이구동성
덤으로 깁는 세월
더욱 그리움 살피리라

얼마나 사랑스러울까
아마도 소원이란 설렘의 기여
강물이 흐르듯
하얀 포말의 시그널이다

느티나무

너의 기억을 좀 빌리자
어쩜 그렇게 짙푸른 기억의 말
설렘의 값으로 치나
거기 한 마리 학이 날아 앉으면
무슨 말문을
거기 더 덧붙일까?
아득한 행복의 미소를 짊어졌다고
너의 기억을 좀 빌리자
그토록 구슬프게도
세상 덕담 짙구나
거기 부드러운 가지 끝에
사색의 인애
언뜻 날아 들어와 앉으면
또 무슨 말문을
거기 더 덧붙일까?
만감의 그곳은 강물 휘감아 흐르고
세월이 묻는구나
강둑에 짙푸른 느티나무여,
봄빛 가득한 기억
내게 좀 빌려다오

4월의 지긋한 빛 거울 아래 추억을 헤아리며

눈물이 가슴을 적실 때

울지 않아도 우는 모습을 보았던가?
눈물 흘리지 않아도
슬퍼하는 모습을 보았던가?
아마도 깊었을 눈물은
가슴을 적시고 있었으리니
아쉽고 그리는 맘
차라리 철들어
광야에 서린 그리움
진심의 잔을 들어야 하리

어떤 삶이 도드라지도록
꽃피고 새우는 지름길 내달릴 때
거기 가시거리 맨발 같은
이유를 보았던가?
먹먹한 소원의 기억들
가슴에 꽃이 되고
향기로웠을
가슴앓이 진지함
애증의 값이라 하리

그립다 하지 않아도 엿보인 그리움
그 헤아림의 시선
이별을 알고
더 아픔을 아는 것으로
삶이라 하였던가?
사색의 잔주름 같은 요소
애증의 갈피
그 아리는 여울 다 감추었어도
눈물의 가슴이라 하리

바람의 향기

아픔 속에 깊어진
어진 몫인데
다르겠지

곰삭힌 날에
절개로 가다듬었으니
향긋하겠지

여문 그리움
고운 화수분의 읊조림
시절 짙겠지

섬, 그만큼 외로워 보았던가?

사람아 이만큼
외로워 본 적 있었던가?
하얀 포말에 뒤척이는 섬이 되어
그 고독에 얼마큼 젖어 보았던가?

섬이 짊어진 짐은 우두커니
그 우두커니 앞에서 어떤 사색이었나
섬, 섬은
바람으로 말을 내뱉는다

숨결마저 검게 그을렸던 사람아
외로웠던가?
섬으로 가라
섬으로 벗을 사귀어라

거기 앉아 있는 흔적
그 뒤척임의 묵시록들
가서 거들떠보면
그 속내 다소곳이 비춰지리라

언제고 뜬눈의 섬
먹먹하게 그리움 가꾸는 섬
그 섬에 사색을 물어보라
듣고 보면 사람의 외로움 아름다우리라

———

　삶이 곤고할 때 섬의 침묵을 듣자

산 위의 그림자

바라봄이 길어질수록
더 깊어질수록
산 위의 그림자 짙어진다
발아래 피고 지는 꽃들이
그 사이사이 울음 짓는 새들이
굽이쳐 흐르는 강물이
산 위의 길어지는 그림자
헤아림의 시선이랬다
거기 사랑이 가고 오는 것
파란 초록빛이 눈뜨고
싱그러운 감촉이 눈시울 져
향긋한 애증의 깊이로
산 위의 그림자 높아진다
더 아득함이 길어지면
또 멀어지는
그리고 더 가까워지는
산 위의 그림자
그렇게 세상 더 내다봄이랬다
그리고 무한의 여쭘이랬다

항구의 추억

청춘의 뱃고동 소리
어디 쉬어가는 맘인가?
모진 기억 어루만지다가
기다림 배운다
산그늘 이유 저만치 도드라지고
파도 소리 사무친다
바다의 향유여,
갈매기 우는 귀로 그리움 외다가
철든 가슴이어라
스쳐 간 날들이 하염없어도
여기 울먹이는
포구의 낭만 더불어
내 시린 애증의 가시거리
먼 하늘가 눈을 든다

―――――

   추억이 묻어나는 여수항 어귀에서

안면도의 봄

찾아올 줄 알았을까
청춘의 그리움
꽃빛 아지랑이 숨어 피워
깊어가는 봄빛으로 속삭인다
그 어떤 서러운 이별이었을지라도
기꺼이 묻어둘 바람의 갈채
소리 없이도 깊어가는 것을
시선 가득한 봄날이
너그럽게 갖추었다

서해 낙조

하루의 그리움 안고
수평선 너머 가려무나
남겨진 설렘은
아직도 뭍의 헤아림
짙은 이별은 아니라지만
재 넘어 사래긴 밭 같은 세상
그 세월 비춘다
남겨진 세월 비춘다
여기 더 그리워해야 할
명제를 두고
낙조의 그리움
연민의 그림자 비추고 간다

수목원의 꽃들

다 한마디씩 하는 말
곱다는 말인데
내뱉는 그 말마다
세상의 행복스런 미담
넌지시 선보인다

그 꽃빛 말들이 하도 많아
눈빛 게으르지 못하게
상념의 값을 치르라 하고
그 이윤까지 담아
나그네 길 거든다

더 한마디씩 하는 말
향기로움이 하도 많아
귀띔의 속삭임
가슴 깊이 저미도록
바람의 염원 거든다

꽃빛 일념의 주마등
그 말 하도 많아
추억의 가시거리
보듬어 엿본 이유
소원의 빈말이 아니다

————

　안면도 수목원 꽃 정원에서

온천지대

따뜻하다는 이유를 알까
아마도 차디찬 데서 손발이 시려 본 다음이면
그쯤의 뜻을 알 것이다
모란 김이 피어오르고
유순한 입김으로 서릴 때
가슴앓이 행복이다
척박한 땅에서 어떤 흔적을 볼까
긴 겨울이 지나가고
훈훈한 미소가 툭툭 터질 즘,
딛고 일어설 그곳에서
두리번거리다 엿들을 속삭임,
봄이요, 할 그날에
하늘과 땅 사이
비로소 온천지대,
그 강청의 숨비소리
가까이 누그러지겠다

붓꽃 편지 ⑴

고운 보라색 붓꽃
어김없이 오월의 편지를 쓴다
분분한 세상 한 줄의 밑줄이란 듯
붓끝 촉촉하게 적셔
바람결 필체로
아름다운 향유 가다듬은
설왕설래 글월이다

어차피 흐르는 세월의 기슭에서
저 보랏빛 사연
가슴에 담아둘 시간조차 없단 말인가?
번지수도 그 출처도
낯선 문안도 아니건만
잠시 설렘만 다그쳐 여미면
오월의 사색 짙겠다

이렇게 살아가는 땅
저 형언의 속삭임을 따져 묻지 않아도
숭고한 생명력 헤아림
나의 밝은 거울
망각을 지키는 우러름인 것을
그 함성의 붓꽃
오월의 벌판 수놓는다

이미 봉인은 다 뜯어져
보랏빛 속에 묻어나는 화수분
지친 심신의 그리움
활기찬 격려
더 힘주어 붓끝 흘림체의 기법
번짐의 예술로
오월의 편지 더 쓴다

불씨

타지 않아도 그 언젠가
활활 타오를 몫으로
그 뜨거운 여력이 있는 것
불씨의 이력이다
희망이 그리워질 때
아니, 막막함이 되물을 때
기꺼이 타오를 이유
어떤 북돋움이라고
불씨의 저력이다
시리고 시린 추운 날,
서러운 날에
아직 불씨의 희망은
세상 막막한 곳에
터를 잡은 화술이다

검은 씨앗

새파랗게 둥근 달빛 속에
벌건 용광로 같은 품을 마지막 사실로 튀어나왔다
맛을 느끼는 입심을 빌려
툭툭 떨어졌다

때와 시기의 조화로움
어느새 검은 씨앗 덩그러니
묻혀질 그곳,
싹 틔울 텃밭을 기다리고 있다

하지만 아직,
마냥 막막한 한때다
그래도 어느 순간 움트고 싹이 나고 줄기를 내뻗으면
그땐, 다시 맛의 형성으로 회복하리라

퍼렇게 둥근 달빛 속에서
알알이 툭툭 떨어진 검은 씨앗,
이미 씨앗 속에 감춰진 입맛의 비밀로
생명력의 시선이다

접시꽃

아름답다 꽃이여!
누가 불러주어 피었나
아득한 꿈의 그 자리 그저 스쳐 지나간 어귀였지
몹시도 애달픈 날에 그렇게 불러 피어난 꽃이여!
하얗게 빨갛게 제자리 힘주어
철이 든 사랑이라고 하나
누군가 길 가다가 마주쳐 서성일 터
그 외로운 인사 그 한마디
가히 헛되었을까!
아니면 뜨거운 눈시울 젖어
그리운 바람의 외길
구슬프게 읊조렸을까!
바로 그 사랑이라
굳이 잊지는 말자고 다짐하듯
외로운 벌판의 아름다운 꽃이여!
그 사랑 한마디 갖추었으니
세상사 사랑은 그렇게 외는 것이라
지난 추억 속에 다시금 일컫는
너의 꽃,
나의 꽃,
접시꽃 입맞춤이라

겨울, 자작나무 숲

두툼한 털신을 신은 듯
시린 눈밭 듬직하게 발돋움으로
짙푸를 봄날의 열정인가
시리고 시린 푸념에 일깨우는 무게 중심
휘이 서글프지만은 않도록
겨울 앙상한 풍경 속으로
품은 부요함의 비밀
하얀 눈망울처럼 새겨두었다
설렘으로 이끌리는 곳,
시절, 그 너머로,
기린 목의 여운처럼
산마루 아름다운 이야기꽃
헤아림 속에 귀결로
곧게 피워두었다

대숲에 부는 바람

보일 듯
여린 바람결 대숲 사이
그리움 수놓는다
겨울 심호흡 너머 봄바람 일거나
어디만큼 불어왔을까
저토록 알뜰한 속삭임
대숲 사이 기다림의 숨결이다
보일 듯
따뜻한 햇볕 등짐 지고
짙푸른 갈망의 길을 내치는
진즉의 몫이다

낮 달맞이꽃

바람의 기억을 걸치고
낮달의 이야기 거들떠 두나
먼 하늘가 그쯤,
나지막이 귀담아 무릎 꿇어야 한다
햇살 사이로 내비치는
또 하나의 빛
떠도는 낮달의 이유,
하늘과 땅에 별이 되어
적나라한 벗들
그쯤의 흔적이어라

———

　제주도 성서 식물원에서

돌담

돌담길 굽이굽이 돌아
바람의 길을 읊조린다
송송 뚫린 돌 틈 사이로
들이닥친 바람결을 두고
돌담의 기막힌 역사는
쉬 허물어지지 않는 비밀의 기별로
바람의 울타리
그만큼의 속도라고
척박함 속에 버티며
끌어올린 닻처럼,
거류의 터전
검게 쌓였다

———

　제주도에서

봄빛 시나브로

가닿을 수 없는 것이
수런수런 와 닿는 오랜 경험
고요 속에 사무치는 메아리랄까
깨어나 꽃으로
묻어나 그윽함으로
기별의 어귀 훈훈하게 여울져
뜻 덧씌운다
새파랗게 거듭난 이유
망각을 밀치고
희망과 기다림의 여쭘,
더욱 보란 듯
가까이 올곧다

새들은 단벌 신사

평생 동안 그 빛깔 그 옷감으로
남루하다 하지 않고
철 따라 지저귀는 새여,
푸드덕거려도
그 목소리마저도
가식적이지 않구나

창공을 헹가래 치듯
그렇게 닳음의 날들이건만
탓하는 법 없이
제 몫의 자유를 두고
섬김의 갈채이듯
삶에 실겁다

그것도 둥지 하나에
애지중지하였던 지난 시절
속절없이 지나간 날이 아니겠냐고
하였을 그곳에
바람의 향유 깃든 그곳에
담대한 고백이다

계절이 바뀌고 풍경이 바뀌어도
어쩌든 숲을 이룬 곳에
떠나지 못한 이유
멋이란 멋은 다 부릴법한 소소한 갖춤
세상의 기척 목 놓아
울림의 속내 짙구나

———

오늘 아침에도 새들은 여전히 아침 여울에 깨어 있다.

해송

곧은 절개로 말하자면
이만한 나무,
그 소나무

거친 해풍 무릅쓴
그만한 나무,
그 소나무

세월 휘감겼어도
우직한 기개
그 소나무

아직도 한뜻이라면
지금도 바닷가 능선 그 해송,
울창한 나들리라

쪽방의 행복

값은 싸고 현실은 무겁다
허름한 추억이라고
탓하지도 말 것이
과정이란 수업,
많은 생각이
나의 행복을 묻는다

이것저것의 단내다
먼 길 돌아온 자리
아직은 덧없이 원함 속삭여
엿봄의 기회
닳은 문지방 넘어
허허롭게 짙다

그래도 가까이 사랑이다
오롯이 삶 거들떠
더 가다듬어
위안의 몫으로
비밀의 문
다시금 여닫는다

―――

인내의 건축물을 가꾼다.

고드름

하얀 도화지에 길쭉한 고드름이
도란도란 글썽거리듯
편지를 쓴다

냉기서린 날
세상은 온통 은빛 내레이션
여울 가지에 짙다

고드름 끝이 닳는다
한참을 깎아도
바쁜 고드름 글씨다

햇살도 읽고 바람도 읽는
맑은 고드름 사연
나도 살포시 덧붙인다

시계꽃

시침 분침 초침
상세하게 새겨두었구나
거기 방향제도 갖추었구나
볼수록 보이는 것이 많구나
무려 세상이 보이고
또 세월이 보이고
어떤 나이테가 보이고
그 헤아림이 보이고
또한 두리번거림이 보인다
그리하여 꽃,
신기한 꽃이라고
소리 없는 시침 분침 초침이라고
한 번 더 눈여겨
가슴속에 담아둔다

산

침묵이 쌓이는
그 언어를 생각한다
이말 저말 다 합해보아도
침묵만 못하다

우직한 것을
갑옷처럼 둘렀다
그런데 그 속에는
향긋한 언어가 가득하다

천연덕스럽게
요새처럼 지켜내면서
주마등 자처하듯
오랜 기억 챙겨두었다

울림의 깊이로 흐르는
여운을 생각한다
심호흡의 깊음
정말 무던히도 건네준다

멀리서도 저 멀리서도
또한 가까이서도
그 담담한 할 말의 것
기꺼이 들여다보게 한다

바다

어느 한순간도
그 몸짓을 멈추지 않는 바다,
한도 끝도 없이 밀려 밀려와
숨 가쁘게 하얀 포말로 부서지는 바다,
수많은 사연의 고백을 위해
하염없이 모아진 물감 같은 바다,
그 갈망 속에 잘게 부서진 모래 알갱이들은
아직도 그 열망 다하지 않았음의 증명이다

그리운 섬이 다 허물어지도록
무언의 바위를 하소연하여
기어이 읽혀 내려는 사연이 되었으니
누구는 그 바다의 깊은 청원을 두고
그 깊은 절절함에 울먹거렸을 것이며
짐 지고 걸어온 이야기로 인해
바다,
저 애절함에 함께 하였으리라

하늘을 닮아 짙푸른 바다,
사연이 너무 많아 부서지는 바다,
아직도 세상에 소원이 많아 뭍을 그리워하는 바다,
사연은 물꽃으로 감성은 울림으로
언제나 철썩거리며 잠들지 못하는 바다,
그 바다가 느껴질수록
뭍에 서성이는 그리움도 깊어져
바다, 그 일렁임의 애달픔을 새겨냄이라

제3부

나팔꽃 그리움 앞에서

아이야

아이야, 너의 아픔이 어떤 뜻일까?
세상에 태어난 너의 숭고함
거기 덧붙여지는 사랑,
더욱 짙어짐의 몫이나
아이야, 너의 사랑스러운 뜻
건강함 속의 발현일 거라
깊은 연민의 그 비밀함
애써 보듬어 이른다
아이야, 너로 기쁨이라
세상 가시밭길 드리운 은혜라
그 지극함 깨닫기까지
잠시 너의 아픔 두고
더욱 밝아질 기별,
지혜의 몫이다

구상나무

단단하고 야무지게 키워낸
우직한 구상나무,
험산준령 기지개 켜듯
세상 시선의 바람 오롯이 여며두련 듯
세월의 무게 곁가지로 걸쳐
풍경의 애상 그린다
적막한 산하에 여울로 짙어
진한 향기로 거드는
추억 어둡지 않다
곧게 지펴낸 울창한 대명사,
굵기로 다짐으로
만향의 서정으로
아직 꿈의 무게
무디지 않다

구상나무, 우리나라에서만 자라는 나무로 한라산, 지리산, 덕유산 등지
의 높은 고지대에서 자라는 상록 교목, 88올림픽 때에는 심벌나무로 지
정되기도 하였다.

밥솥 누룽지

밥맛이 구수하다
진짜 밥은 다 걷어내지고
거기 노릇하게 누른 밥알의 기억들
그것도 압력밥솥 뜨거운 열기 속에서 되살아난 맛,
진정 사정을 알고 먹어봐야
그 맛의 진념을 안다
어쩜, 곰삭혀진 삶의 맛이
이쯤의 값어치라면
세월 투정하는 분분함 속에서도
희열의 환희일 것이니
아직도 누룽지의 흥정은
마치 시국의 밀담처럼
진정 피가 되고
살이 되려 한 목적
진짜 희생의 맛,
애증의 역설로 짙다

나팔꽃 그리움 앞에서

가만히 어여쁜 속삭임

계절의 선율로 나지막이 가장자리다

바라고 싶은 읊조림에 하나 되어 서성이는 맘,

이미 저만치 그리움 앞선다

새벽이슬 젖어서 그 세월이 맑다 하였나

힘주어 피어난 날에

아득한 추억이 입맞춤이다

적나라한 나신,

바람결도 사무치고 갔으리라

어쩌면 한낮이 무색하다고

일념의 꽃빛 발휘하는

어귀에 순수함이여,

그것이 그 무엇을 소원하였던가?

이윽고 드러난 여울 속에 낭만이다

한줄기 서러움 다 털어내고

이미 마주한 사랑,

그 사랑이 무르익어 가도록

너의 나팔꽃으로

나의 나팔꽃으로

거짓 없는 애련

외고 또 외노라

푸른 잎새여

너는 천둥소리 그을림 너머로
맑은 물방울 영롱하게 맺히는 귀결이다
젖어드는 거류를 두고
푸른 염원 속에 은하수 빛나는 중심이다
뜻을 말하기까지 꽃이다
시들어가도 꽃이다
잎새여,
꽃빛 너머를 천거하였구나
그토록 적절한 울타리 그쯤,
고개 내민 가치는
비로소 행복을 말하리라
광야의 숨결,
거친 포말 속에 입씨름,
짙푸른 속내를 어떻게 다 거두나?
하지만 기회인 것
바라봄의 언어다
너는 세월로
그리운 시선 짙구나

낙화

유유한 향유의 깊이로
그렇게 떨어지는 꽃잎의 그쯤에서
비로소 아쉬운 행복이다
그리운 날들에 다가서는 계기로
이젠 기꺼이 추억 실어내는 소원이다
꽃잎이 어리는 곳,
더욱 축복이라 하였으니
이젠 그토록 희망,
저만치 서린 여운이라고
더욱 그리워하리라

극락조에게

자태의 기이한 아름다움으로
어쩌면 그토록 막막한 죽음 앞에서
거침없이 내비치던 멋,
끝내 승리의 감격이듯
진정한 이해심의 세상 속으로 점철되어
망각 벗겨진 그곳,
두고두고 삶의 밑거름이다
부요함으로 살아 숨 쉬며
숲의 청아함을 짊어진
깊은 울림의 새,
세상 여명의 아침을 기다리듯
바람 속에서, 구름 속에서
영특한 헤아림,
세상의 천국을 되묻듯
그리운 중심의 곳,
그토록 읊조림의 여지로
가슴앓이 꽃빛이다

극락조- 참새목, 풍조과에 속하며 천국의 새로 불린다

핑크뮬리의 노래

들린다 하였을
저기 흐드러진 바람 소리
귓가에 울림을 훌쩍 뛰어넘어
가슴속에 쌓이는 노랫소리,
기도의 가치는 시간의 강이다
처음 파란 이유에서
끝내 화사하게 물든 소회,
세상 수놓는 고운 무늬가 되어
거친 바다의 풍경처로
고결한 환희다
그토록 사색은 흔들거려도 좋을 듯
음율 고고하게 흐르거니
점철되어진 연홍빛 절개,
소원의 애달픔 가까이로
향유의 노래,
영혼의 심상이듯
훠이훠이 황홀하다

봄의 미소

눈물을 머금은 듯
웃음을 머금은 듯
잠꾸러기 깨우며
뒤돌아보는 조금만 미소
아지랑이 텃밭 맴돌다
어느새 산 넘어
고향 마을 친구 부른다

양지바른 놀이터에
옹기종기 모여든 옛 친구들은
수줍음을 못 이겨서
어쩔 줄 모르다
개구쟁이 실바람에
참던 웃음 터뜨린다

대추나무

우두커니
꿈을 꾸다가
좁쌀 만한 꽃을 피웠지

그러다가
가시 창가에
파란 구슬 꿰었지

그런데 그 구슬이
글쎄, 발그스름하게
사슴코가 된 거야

그것은 두리번두리번
푸근하고 향긋한
가을 냄새 맡은 거였지

그 향취 기가 막혀
어떻게 말은 못하고
그저 묵직한 저울추 되었지

글쎄 보시오
눈금이 얼마인지 가늠하시고
값이나 제대로 쳐주시오

그래야 저 높은 제 주인께
나도 당당히 엎드려
시절의 감사 드리겠나이다

바람에게

전해 주렴
정성 어린 숨결로 전해 주렴
어느 골 깊은 기다림을 셈하도록 전해 주렴

감싸 주렴
부드러운 감촉으로 감싸 주렴
숨죽인 외로움의 낭만을 감싸 주렴

세상의 흔적은
해 아래 어디든 뜻깊은 것,
그 진솔함의 가치를 어루만져 주렴

그뿐이던가?
척박함에 몸부림은 조용한 향취로 여울졌나니
그 지고한 기여를 일러 주렴

기슭에 애달픈 고독도
그만의 아름다움으로 시절을 공유하였나니
전해 주렴, 그 부름을 전해 주렴

지극한 유영의 선율,
그 갈망하는 간곡한 느낌으로
골 깊은 세상의 나그네로 초연히 일러 주렴

이로, 머무름의 희열은
아름다운 소곡의 고백으로 깊어 가리니
질펀함 속에 그 찬연함을 일러 주렴

박꽃

하얀 박꽃

하얀 기다림 차고 넘친다

그 꿈도 하얗다

티 없이 맑은 꿈이다

굵은 박이 열리고

조롱박이 열리면 그 꿈 담으리라

지금은 덩굴의 꽃이다

하지만 커지면 값지게 퍼 나르리라

하얗게 피운 꽃빛

결코 옛 우화의 꽃빛이 아니다

저 하얀 염원 속에

맑은 두레박질이 보인다

하얀 박꽃

그 추억 매달릴 채비로

여름밤 하얗게 지샌다

섬 향

섬 향을 맡아보니
사색이란다

후각은 이미 무딜 대로 무뎠으니
담담하게 그을리란다

어차피 섬을 자청하였으니
섬의 일부이란다

살갗 좀 태우면 어떠냐고
너무 그렇게 호들갑 떨지 말란다

섬 향에 젖어보니
느낌이란다

이왕 그리움에 묻혔으니
섬 향이 되란다

섬의 우직함을 들여다보니
마음으로 맡으란다

호숫가에 그리움

사색은 그렇게 말이다
여린 물비늘 따라
마음 읊조림이다
우두커니 깊은 말로
홀연히 닻을 내리고 거두는
비원의 속삭임이다
맑은 물 향기
아른아른 피어오르는
헤아림의 향유다
철든 묵시록
한마디 말이 없어도
할 말 품고 있음이다
그 구슬픈 애가
아리게 그리움이라고
바람의 추억 빌린다

오월의 향기여

바람이 불면 더 묻어나는
지긋한 오월의 향기여,
성성한 가시 속에 들춰낸
세상의 아름다운 이유
애증의 꽃이여,
헤아림의 희망이여,
깊음이여,
아픈 기억이여,
오월을 흩날린다
세월의 쓴잔을 들이마셔도
기꺼이 피어오르는
그 저력으로
속삭이는 연민
찔레꽃이여,
가시를 짊어진 꽃이여,
오월의 향기여라

자벌레

뚜벅뚜벅 자벌레는
푸르른 세상에 나들이 잎새에 묻는다
온몸으로 사무치는 삶
나는 그 자벌레 못지않게 세상을 뚜벅거린다
눈으로 보고 손으로 만지고
또 느낌으로
오감을 채웠다지만
하지만 자벌레 심정이 아닌가?
나는 별빛 그림자
달빛 그림자
헤아림 아래 자벌레
사실은 더듬이 고백이라지만
그래도 세상의 울림
작은 연민의 사랑이라고
가늠의 방향을
뚜벅뚜벅 익힘이라

바람과 구름

인생사 그렇다고
곧게 읊조린 세월들
뿌리 깊은 마디마디
꽃이 피고 향기로움 번져
그럴 것이라
마땅히 엿볼 것이라
하지만 바람과 구름
뜬세상 나그네
닳지 않는 그리움 앞세워
모진 외로움 지켜
머묾의 추억
아직 남겨진 소원
애끓는 사랑이라고
눈시울 다 지도록
바람과 구름의 노래
깁고 깁는다

파란 그리움 (5)

호밀밭 보리밭 짙푸름에
이슬이 눈뜨면
촉촉한 여명의 하루
청아하게 들리는 새들의 지저귐
울음,
아니면 웃음,
또는 정담,
시간의 밑줄로 그어져
모두 파란 그리움
거기 꽃빛 지긋이 웃고
향긋함 숨 내쉬고
나의 속삭임
그 형언까지
그 창가에 다가선
이유,
그리운 이름 짊어지고
한들거린다

하늘이 우러러지지 않던가?

아무리 하늘이 말이 없다고
그쯤의 고개 들 이유가 인색하다고 말할까?
아니면 망각의 굴레에서 벗어나지 못한 탓이라고 말할까?
그것도 아니면 어떻게 되었냐고
하루하루 상황의 경로를 무슨 영문이라고 말할까?
우러름의 고백은 사람이다
한없이 펼쳐지는 하늘가 높음으로
그 헤아림도 사람이다
세상의 밤도 그렇고
세상의 아침과 낮도 그렇고
적나라한 창가의 몫으로
그리움 염두에 두었으니
바람이 부는 그 기슭의 감촉으로
잊었던 하늘은 얼마큼 떠오르나?
쉼의 그늘이 기회였다면
아픔의 그늘도 기회였다는 것
어쩌든 하늘바라기,
그 아침의 여명으로 짙거니
어쩌면 그렇듯 이제라도
하늘이 우러러지지 않던가?
아직 언약의 기회다

찔레꽃 물에 적셨다

아주 작은 실개천
그것도 산그늘 드리운 자락에
하얀 찔레꽃 여원
맑은 물에 사연 적시었다

피어있어 그리운 것을
어쩌면 더 하고 싶은 형언이라고
그렇게 애달피
더 젖은 고백이나

아마도 저 꽃빛 누가 엿보았다고 하면
내 사랑 저거라고
나의 그리움 저거라고
꼭 그렇게 말하고 싶다

그렇게 여묾이라고
하릴 그 순간이라도 잊지 않았다고
맑은 물결 등에 업고
나의 사랑 가다듬고 싶다

어찌 아픔을 잊을까?
나의 송두리째 기억인 것을
그 소회 속에 뿌리 깊은 순수함이라고
젖은 찔레꽃이고 싶다

아직 못다 한 사랑

꽃이 피는 길에
그 깊이로 나서는 길에
아직 그리운 향이 가득하다고
바람 속에 깃들어
저만치 내다보는 나의 사랑,
어이타 어설프랴,
추억의 길로 내비칠
나의 남은 아직 못다 한 사랑
가꾸고 뒤척이리라

기억이 채우는 부요한
그 행복이랄까
사랑이여 오라,
진정한 가슴으로 오라,
아직 내게 못다 한 사랑
구슬프게 남아 있거니
그 뜨거운 고백
그리운 영광의 몫으로
기꺼이 외고 가리라

영산강 아리랑

바람도 쉬어갈 듯 강여울에
떠나는 뱃머리 옛 추억이 되었어도
일렁이는 물결은 그대로 맑은 눈망울로 서린 듯
세월 속에 사무치는 기억들,
서로서로 사랑이라 외웠던 몫으로
그 언약들 담고 있구나

어이타 고즈넉함이 무너졌다 하랴
여전히 그리운 갈채로 갈매기 날거니
항구로 그리워지던 달빛의 빛나는 헤아림이듯
잃은 것도 찾은 것도 그저
한뜻 줄거리 노랫말로 나누었으니
굽이굽이 옛 포구다

아직도 그을린 낭만은 강여울에
꽃이 되고 시가 되어 향기로우리라
언 땅 풀어지듯 그곳으로 애달픈 노래가 되어
흐르고 흐르는 여울의 길
여전한 염원의 깊이려니
터의 반향으로 충만하구나

들꽃 아리랑

거친 지경에 목마름을 뒤척여
질곡 속에 숨결로 환희의 깊은 뜻
그곳으로 어떤 기억 저미나
이름 없이 세월 그을려
비단결의 꿈 서려
향기로 떠받치는
그 이름 들꽃이라

세상에 이 같은 고백이
그 얼마큼이더냐,
그래도 쇠하지 않는 숭고한 여력
변방 외진 기슭에로
눈시울 뜨거운 사색의 달무리
깊은 밤이 지나도록
이슬 젖은 기도라

그토록 절절하다는 것
여명의 방향으로 촉촉한 감회의 가치들
흔들리는 몸부림 속에
정녕 척박한 그곳 이윤의 몫으로
깊은 읊조림의 꽃빛,
그것은 영광의 역설이거니
귀띔의 진지함이라

장보고 대교에서

섬, 섬이여, 신지도여!
섬, 섬이여, 고금도여!
얼마나 많은 흔적의 손짓이었나
얼마나 많이 두리번거렸나
거친 파도 밀물의 소리
굽이굽이 아득히 키우던 섬, 섬이여
절대고독의 강을 건넜구나
기꺼이 이겨냈구나
이와 같은 사연이
어디 이곳뿐이랴
하늘과 땅 사이 그토록
절절한 허공의 간격 속에서
부르짖어 손꼽았을
나그네의 아련한 거울이여,
완도로 가는 길이
이젠 뭍으로 가는 길이
면면히 이어질 자유의 길,
섬, 섬이여!
그리운 나그네 길로
이윽고 꽃피웠구나

완도 장보고 대교 위에서

부평초

탓하지 마라
그 누구도 살아가는 것을
둥둥 떠 있어도
일생이란 푸른 것이다

꿈이 되고 흔적이 되고 또 구슬퍼도
못내 시절을 갖추나니
깃들어 있다는 것이
숭고한 이유다

하찮게 여기지 마라
여력이 아니면 뜻도 아니다
삶이 울적하여도
언제고 반전은 남아 있다

거침없는 진실 하나에
사랑이 짙고 울림 깊어지면
세상 벌판의 향유
기꺼이 번짐이라

그 어떤 우여곡절에 그리움 남으면
그대는 성공이다
그건 아주 오랜 언약처럼
내일을 여는 눈동자여라

산 여울

구름 한 자락 펼쳐
먼 길 흘러가는
그 깊은 의미 가득하다

숨죽여 산새 울림 품고
기나긴 기억 쓰려고
여울로 뒤척인다

높은 뜻 낮음에 새기고 파
골바람 서려둔 것
너울가지로 끄덕인다

모질게 다들 떠나간 뒤안길
아리도록 지키려
그리운 품 안 쓸어내린다

어느 정담일 거라고
소담한 애증일 거라고
산하의 푸른빛 쓰다듬는다

수박

얼룩무늬 줄기에
얼룩무늬 수박 통
탱글탱글
겉은 푸르고
속은 뻘겋고
그 용광로 속엔
소망이 검게 익었다

사막의 땅에
이슬처럼 정제된
그 붉은 물 기운,
타는 목마름 식혀내고
단맛 깊음 남기고
붉은 열정 덧없이
한 줌 허허로 산화한다

그 한 줌의 이력서로
한여름 나기는 수월하여
그 붉은 물빛 훔치는
수박등의 예찬은 이어지고
얼룩무늬 속에 담긴
그 시원함에 취한다
그것은 사막에 고인 물이었다

제4부

바람의 노래가 되리

바람의 노래가 되리

어쩌면 나보다 더 그리운 바람아
여기 한사람이다
어쩌면 나보다 더 외로운 바람아
여기 한사람이다
하지만 뜻이 있구나
고백 의미심장하구나
가까이 바람아,
가까이 사람아,
눈물이라도 괜찮다
아픔이라도 괜찮다
지독한 고독이라도 괜찮다
그래, 쉴만한 물가,
행복 맛볼 수 있음이
그래, 바람아,
그래, 외로움아,
영원한 기다림이여!
그래, 사람이여,
이젠 괜찮다
이젠, 이젠,
바람의 노래가 되리

별들의 창고

다들 잠들어가는 곳으로
세상의 하루가 스멀스멀 어두워진 곳으로
별들의 창고는 지극히 빛난다
그야말로 값이다
숭고한 기별의 어순이다
시린 발걸음 내딛고
아픈 가슴 서러움에 적셔도
별들은 그리듯
내일로 반향 내비치듯
그리움 부요하다

아름다운 강

깊이가 깊지 않아도
넓이가 그리 넓지 않아도
흐르고 흐르는 강,
굽이굽이 물풀 스쳐 가며 여울 빚고
포말의 시무지기 낳으며
산 깊고 골 깊은 강줄기로
산 내음 깊숙이 풀어낸다
그 이름 지석강,
사철 내내
어떤 상념의 배를 띄우는
그토록 추억의 강,
아득히 그리운 강으로
물의 맑은 빛으로
시어의 날들,
여지의 상승 기류다

무인도여 가깝다

누구도 오래 머물지 않는 그곳,

무인도여, 하지만 그곳으로 파도는 가깝다

어차피 애끓는 벗이듯

무인도여, 그곳, 하늘이 가깝다

어쩌면 기다림도 가깝고 헤아림도 가깝다

바람 속에 그리운 사랑이다

구름 속에 그 낭만이다

외롭다 하여도 바라봄의 그곳,

무인도 그곳으로

바다의 사랑이 가깝다

뜻이 가깝다

뭍의 그리움이 가깝다

언제나 가깝다

철길

아직도 옛 모습
단선의 철길 위로 기차는 지나간다
하루 몇 번
칸 수를 줄인 완행열차,
이로 인해 산중은 화들짝
하지만 이내 정적
대충의 시간들은 그렇게 흐른다
짐작으로 익숙한 삶들
철길을 사진으로 남겨보았다
쓸쓸함이 묻어나고
그리움이 묻어나고
아스라한 것들,
하지만 끝닿는 헤아림이다
녹이 슬 때쯤
다시 지나가는 울림의 열차
외로운 기억 하나
산중 이채로운 찔레꽃
지금껏 잠들지 못하게 하였으리라

꽃이 읽혀주는 편지

글이 없고 소리가 없어도
꽃의 훌륭한 매무새가
나에게 글이 되고 느낌이 되는 건 왜일까요?
분명 백지가 아닌데
수많은 사연이 번지는 편지란 걸
절절하게 여며지고 있습니다
홀로 꽃그늘이라고
하염없이 읊조리는데
어찌 글이 아니고 느낌이 아니겠습니까?
광야의 아침을 열고
거기 행복한 깃발로 일어선 꽃빛
애달픈 사연 하나에
귀결로 갖춘 애증의 다짐
깊고 깊은 헤아림입니다
그렇습니다
그리운 형언이라고 말합니다
사랑이라고 말합니다
기꺼이 가다듬은 고백이라고 합니다
그렇게 백지가 아닌
짙푸른 화선지에 도드라진
그리운 모습입니다

여름 바다

바다의 소리를 들을까
하얗게 부서지는 파도를 품을까
그리움 하나 싣고 온 바다
그 앎의 시선이랄까
애증의 계절은 바다라
어쩜 훌훌 털어버려야 한다는
모진 뒤척임아
그렇게 여름 바다는 마치
누굴 부르는 소리샘
나는 젖은 가슴을 들춘다
추억이란 두 글자에
헤아림의 바다를 속삭인다
여전히 기억 내치는 어쩔 수 없는 것들
여름 바다에 서서
가물거리는 소원 하나쯤
다시금 거들떠
이쯤의 시름 버무려 사랑할
삶의 나지막한 이윤,
물결 내쳐와 부서지는 형언이라고
바다의 시어로 가꾼다

패랭이꽃

각양각색의 무늬 빛깔로
패랭이꽃
곱다
아름답다
마냥 사랑스럽다
척박한 땅에 씨앗 뿌렸었건만
마다않고 피어
당찬 환희라
어쩜 애달픔에 기준이란 듯
바람의 그림자로
연신 한들거린다

다람쥐 노니는 곳

인적 드문 산길에 다람쥐 종종걸음
어쩜 귀여운 나그네 선물
무심코 걷던 상념의 길 그쯤에 애틋한 기척
산 밑 흐르는 작은 실개천
물 마시러 왔을까
아니면 벗을 기다리나
잠시 인기척에 놀라 화들짝거려도
저만치 뒤돌아서 멈칫
여긴 저 다람쥐의 동구 밖
세상 여쭘이 아니던가?

산 그림자 가까이
나그네 삶이었다 하였을 때
만난 생명의 절이함
그와 더불어 산새들의 노래 듣고
풀잎의 읊조림 듣고
청아함의 귀띔 여미며
세월 그렇게 무디지 않았거니
꽃피고 향긋한 날들
고독한 여운의 뒤안길
사실은 누림의 축복이어라

사시사철 소나무 우직한 자태 그림자 숲으로 이어지고
가끔은 하얀 백로의 일상이 엿보이고
논밭 가까이 오곡이 자라고
여울목의 노래 가까이 들었고
산마루 형언이었던
떠나가는 그리움,
남겨진 그리움,
억새와 갈잎의 경우로 일삼고
오솔길의 낭만 외는
애증의 언약 가끔이라

골짜기에 흐르는 맑은 물

졸졸거리는 맑은 물소리가
귓가에 들릴 때
그 소리는 천 년의 소리,
아니 그 무한의 소리,
그만, 사색이 소스라치는 소리,
가까이 그때를 듣고
가까이 오늘을 듣는 기회
깊은 골짜기를 타고 흘러와
실개천의 하나가 되고
지류의 흐름 하나가 되어
강으로, 강으로
그렇게 오랜 기억의 여울
세상 온갖 시절에 서시로 남아
변하지 않는 물길
맑음에 대하여,
생명을 복주는 섬김의 소리
하늘의 소리로 듣는다
그렇게 남는다
여울, 여울!
내 몫의 태인 여운!

가장자리

세상 한쪽에 비켜서서
잠시 들꽃의 시선이 되어 본다
그 한쪽의 시선으로
중심의 흔적을 생각한다면
그 중심의 가치는 자리 이동이 아닐까
변방의 이유가 없다면 어떻게 행복이 번질까
길 위의 낯선 추억도
가장자리 덕으로 막바지 몫이듯
잊고 말 행복의 전율
간추리고 갈 여지라
잡초란 어떤 의미던가?
쓸모없는 신세이듯 천덕꾸러기라 하여도
거긴 버팀목의 기여
거기 피어난 흔적의 소회는
중심보다 더 중심적인
가장자리 서정,
그 소중함의 가치는
가장자리 울림이어라

그리움, 그리고

괴나리봇짐이라 하여도
그리움은 소중하다
삶의 격언은 사랑으로 깃들어
이윤은 번진다
행복이란 그리워함 속에 있는 비경
그것이 꽃일 것이라
묻어나는 향긋함일 것이라
남은 날을 사랑해야지
내처 가야지
누구는 그랬다
나는 이랬다
그렇게 모두를 품은 것을
사실, 현명한 시간들
가슴앓이 아껴야지
끝끝내 세상의 연둣빛
애달피 보듬어야지
그리움, 그리고 그 할 말
정말 그랬다고 해야지
꽃을 아는 사람이니까
그 향긋함을 아니까
그리움, 그리고 덧붙여야 한다
그대의 그대에게

흰 장미

어디서 왔냐고
어떻게 살았냐고
꽃의 시절이 절절함이라
문지방 너머 올곧게 위안의 꽃빛이라
더 이상이 아니라도
그저 순수하고 순결한 꽃말
그거 하나면
그게 전부라 하겠다
뜰 악의 헤아림이 깊어질 때쯤
아픈 기억마저도 죄다 바스러지게 하는 행복
흰 장미여,
그 어떤 이유
에두름의 꽃이여!
세상의 하루 수놓는 경이로움
가시거리 짙게
소리 없는 미소 그 여묾의 갈채로
더욱 깊은 향유
사랑스러움 엿보게 함이라

달빛 짙어진 꽃

혹여 잊고 지냈을 그곳에
밤을 지샌 꽃으로
곧이 달빛 그리움 짙어졌구나
이슬에 깨어났었을까
다시금 어루만져질 애증의 속삭임
일깨워 초연하구나
어인 사랑 거드름일까
기슭의 등고선
그토록 밝음이어라
천연히 일궈낸 유심한 기다림
세상의 가치로 읽히는 꽃의 경이로움
달맞이꽃이어라
그 한 줌의 소원의 하나
기꺼이 어울려
내 마음의 달빛 엿봄이어라

휘파람새

당차게 울어대는 세상
귓가에 낭랑한 울림으로 견주어
시절의 향유 휘파람새라

귀띔의 속삭임
달무리 지고 꽃무리 져도
순전하게 애증 불러일으킴이라

고적한 숲의 더부살이
충만의 기억으로 번지는 이유
아릿한 나그네 연사라

갈망의 증표가 아닌가?
흔적의 깊은 요소를 일깨우고 있음이라서
헤아림의 의중으로 나섬이라

감각의 비중이 높은 것은
청청한 산기슭에 갸륵한 담금질이려니
심연의 준엄한 기별이라

바람의 소원

무형의 존재라지만
형언의 깊이로 스치고 뒤척이는
그 지긋함에 대하여
세상 키질 연속이다
공평하게 뒤흔들어주는 여력의 일념,
어떤 이름 없는 앞이라고
주저하지 않는다
균등한 사역의 숨결 내쉼이라 하였거늘
그토록 발끝 세우는 소원
풍경의 마디마디 사무쳐
풋풋하게 묻어난다
이런 실제!
어떤 무심함이 깨어날까?
바람의 소원 연신
휘이휘이 읊조리고 있구나

칡넝쿨

믿지 않을 능청스러움
깊이 들여다보면 눈물이 보인다
잎을 틔우고 꽃을 피우고 더듬이 손을 내밀고도
아려한 딴청이듯
하지만 나는 안다
그 아픔의 이유,
그 소원의 여력,
이렇듯 시절 앞에 눈을 뜨는 것,
감촉으로 속삭이는 것,
내 심연에 피어오른다
휘감겨 외는 소리
울림의 여운이다

강물

흐름의 여로 무구 천년 그토록 흐름
마음 가다듬어 바라본다
거기 깃든 뒤척임
숨은 듯 고귀함
세상의 뜻 읽힌다

무심함을 적셔야 하는 것
발 벗고 나서듯 스쳐 가는 흐름
하지만 여운 가득하게
숨결처럼 남겨
엿봄의 몫으로 짙다

삶의 가까이 외침의 고고한 흐름
강으로 가고,
들로 가고,
소망의 뜻 두고
열망의 묵시라 여민다

이슬이 비추어 주는 것

방울방울 맺힌 이슬
그 자리 잡기까지 소리 외지 않고
바람의 길 오롯이 빌려
고적한 향유 맑게 거든다

그거였다고 할 수 있는
비춤의 깊음이라서
아침이 오는 귀로에 여명의 눈동자
사색으로 젊어진다

맑음으로 사고 팔지 못할
높은 소원의 몫을
거저 누리는 소회
세상의 그늘 밀쳐낸다

빛나는 별이 되었다
고요한 별이 되었다
그리하여 촉촉하게
토성에 기우는 별이 되었다

거긴 샛별의 눈동자
다시금 주마등 밝히리니
내비침의 이슬이여,
내비침의 가슴 키움이라

그 섬에 가고 싶다

섬이 섬을 말하는 그곳
거기 일깨워 서면
여문 사랑이 엿보이리라
연민의 향함이라고
그 섬을 느끼면
거기 형언의 향수 깊으리라
그곳에서 오롯이
잔잔해지는 마음과
일으켜지는 마음 가꾸리라
세상 어디랄까
섬이 섬을 말하는 그곳
그리움 엿보리라
나는 지금 그곳
섬이 섬을 말하는 그곳
섬으로 산다

산촌에 눈이 내리다

그리운 이유를 다질까
그렇게 뒤척이지 않아도 되는 곳
풍경의 속삭임이다
하얀 눈송이 흩날려 와서
아주 먼 시국의 이야기이듯
줄줄이 풀어지는 곳으로
작은 산새가 울고
짙푸른 대숲의 어울림이
옛 서술의 배경이듯
산촌에 눈이 내리니
어떤 발자국이랄까
동심이 떠오른다

겨울 바닷가에서

어찌하여 겨울 바다가 보고 싶었을까
그곳으로 내린 그리움의 닻인가?
철썩거리는 이유가
아마도 내심 거들떴으리니
인적 드문 어귀 파도 소리 낭랑한 곳으로
기별의 연가는
하늘가 기척이 됨이라
뭍이든, 바다든,
그로 분연한 세상
봄이 가까운 시기
무릇 겨울 바닷가에서
가슴 깊이 새겨둔 그것은
언제고 저버릴 수 없는 갈급,
거친 바다의 숨결로
경청의 몫을
견주어 가다듬는다

———

오륙도에서

124

몽돌 해변

맑은 바닷물로 밀려와 부서지는 노래여

거친 바위들 쓰다듬듯

그렇게 매끄럽게 다듬어두고

그리움 한마디 그뿐인가?

그 목적의 길은 소중하다는 것일까?

잊은 듯 깨어나는 물결이여,

그렇게 세상 세월로

걸러내야 하는 것들이 얼마큼이던가?

어쩌든 남겨지는 곳으로

쌓인 몽돌들의 이야기

파도 소리 담아두고

풀어내는 딸그락 소리

누군들 조금은 철이 들었을까?

그리하리니 그곳으로

바다는 파도의 길,

세상 고적한 깊이로 새겨

그립다 하였을 낭만,

자성의 함성으로 품었다

겨울 그림자

풍경 속으로 겨울이 내걸렸다
시린 바람결이 애달픈 그림자의 터를
앙상함 속으로 내비친다
흐르는 강물은 시린 탓으로
인적 드문 여울의 노래다
스러진 풀잎 사이로 한적함이
꾸벅꾸벅 졸듯이 겨울 그림자라고
비켜나지 않는다
그로 더불어 끄덕이는
가지런한 상념의 질서
아직 시린 주마등 너머로
발아의 기준 아직이란 듯
차가운 겨울의 중심에로
햇살 따뜻한 그림자
숨은 듯 뜨겁다

국밥 한 그릇

흔하디흔한 밥, 그 낯익은 밥은
어쩌면 행복의 밀월처럼 따뜻한 감으로 느껴진다
무릇 고급스런 풍미에 젖은 맛이면 모를까
그것도 아닌 결국 겨울 추운 날에
가슴 따뜻하게 데워주는 맛으로
가히 제격이 아니던가?

그저 서민의 음식으로 남길 것인가?
세상살이 그렇게 살아도 이렇게 살아도 맛은 같은 것
진지하게 삶을 논할 수 있는 느낌으로
입김 호호 부는 맛이면
그렇게 호들갑 떨지 않아도
삶의 제맛이 아니던가?

어느 허름한 입간판 그 몫으로
이런저런 국밥이라고 적혀있는 문구는 어떤가?
옛 그리움이 묻어나는 맛이랄까
진정한 삶이 우러나도록 하는 맛이랄까
따뜻한 정이 식지 않는 맛,
소박한 다짐이 아니던가?

어느 삶이 구슬퍼질 때
그리움 안고 찾아가 한 끼 데우는 맛
무려 무시하지 말 것이라
하찮다 하지 말 것이라
그 진국으로 우러나오는 맛이면
생이 아름답지 않던가?

외딴길

길은 길인데 외따로 남겨진 길
그 길엔 묵직함이 가득하다
여운으로 남은 어느 흔적도
저 외딴길엔 새롭다
결코 목적으로 이어져
진실을 남긴다

아련함이 짙을수록
외딴길 침묵은 무심하지 않다
얼마큼 느낌이 충만하였을까?
살포시 영근 그 무언의 기다림
걸어가면 곧 지금이다
지나가면 곧 추억이다

그 길을 알고 헤아려보면
거의 다 왔다고, 끝이 저만큼이라고
고적한 물음의 답인 듯
홀연한 두리번거림
그 길엔 오롯이
바람의 자유가 늘 걷고 있다

그리운 나무

나무는 옹이 져도
그렇게 하고픈 말이라고
새순을 돋다가
낙엽을 떨어뜨리다가
그래도 안 돼서
앙상한 가지를 뻗어 그리움 표한다

그런데 산새는
떡하니 집 한 채 지어두고
후두둑 넘나들며 재잘재잘
그걸 아는지 모르는지
품에 고향이라고
한사코 얼버무린다

그러고 보면
허공의 메아리도 흔적일 수밖에
날지 못한 것을
외치지 못한 것을
언제나 기억으로 일삼나니
고독 그렇게 헛되진 않다

제5부

빛과 그림자

바람의 노래 (10)

떠나가는 나그네
아직 남아 있는 나그네
그 어느 추억이라도
저 바람의 언어였으리

어귀마다 꽃이 피었느니
청아하게 새가 울었느니
그렇게 만남과 이별이란 것이
저 바람의 고백이었으리

떠나가는 것도
아직 그 자리 남겨진 것도
세상이란 약속 위에 펼쳐진
저 바람의 염원이었으리

못내 서걱거렸느니
어느 무너지지 않는 한 날
그 쇠하지 않는 가치
저 바람의 끝을 향하였으리

해 뜨고 지고
그 하루 아득한 시선이 되어
아린 꿈을 가다듬는
저 바람의 숨결이었으리

마른풀의 독백

빛바랜 풀잎이려니
어진 상념이려니
황량함 속에 천연덕스럽다
처음부터 그랬다

한걸음도 뗄 수 없는 처지
청춘의 푸름이었지만
그리움 펼쳐두고
바람의 길을 흠모하였다

아쉬움도 아니려니
원망도 아니려니
그저 흐르는 세월,
그 무게를 가늠하는 것이다

어차피 흔들거린다면
차라리 세상,
연민의 가치로 소원을 외며
그 뜻을 다지는 것이다

고독한 몸부림이라도
흙 내음 같은
순수의 정을 가꾸는
잡초의 일생이 되레 행복하다

고갯마루

가던 길 돌아보니
남겨진 여운의 발자국
애써 감추지 않았을 갈망의 흔적
세월은 그 위로 흐른다

숨 가빴어도
아리게 가슴 내밀며
다졌을 삶이라는 속삭임
세월 속의 정이다

목적을 향하여
언젠가 피어나 어우러질
그 향유의 깊이
그 의미로 넘어야 하는 길이다

세상이라는 길
함께라는 공유의 길
아직 남겨져
의미와 가치를 담아낸다

이에 다짐이라는 것도
어느 황막함 속에
아름다움이란 과제로
고갯마루 숨결일 거라

그 어느
알싸한 추억으로
오늘의 고갯길 낭만, 그 노래
그 아픔을 새겨두련다

기회가 있나니
그 기회 속에
남겨진 고갯길
힘겨워도 꿈으로 서린다

거미의 독백

그리 화려한 집을 원하지 않아요
그저 삶이라는 기본적인 틀,
그 원함의 가치로 서는 것이니
허공에 집을 짓는다는 것이
눈물겨운 추억일지라도
가녀린 몸짓 숭고하게 견주어야 하는
전율적인 기로이지

촘촘하게 씨줄과 날줄
허공의 바다,
바람결 출렁거림에 삶이라는 기백을 갖추지
숨죽여 기다려야만 한다
때로는 고독함에 몸부림하지
거기엔 기회라는 것이 주어졌느니
소원의 등불 켜는 것이다
아침 식탁, 그리고 점심, 저녁
많은 생각이 오고 가지

생이라는 절절함이기에
허허바다라도 가치가 깊어지지
그래, 사명으로 사는 거다
한 줄 희망을 내걸고
갈망의 끈적거림 늘어뜨렸나니
그 하릴 독백의 깊이로
그 억척을 사랑할 수밖에 없다
때론 허공의 무심함 깊어도 말이다

수선화에게

꽃을 피웠구나
막막한 곳에 꽃이구나
버티고 선다는 것은
그 자리 기도인 것이다
외로움을 이겨내는 것이다
홀로이 애틋하여도
이미 희망을 가진 무늬 색이다
피었으니 그만일까?
그 자존을 지켜내는 것은
또 다른 한 겹의 시름이겠지
그래도 존재란 영광스럽다
낙심하지도, 좌절하지도 마라
청춘의 봄을 가졌느니
향유의 갈채도 깊어진다
고독함은 알리라
그리움은 알리라
기다림은 알리라
세상의 갈망 다 쓸어 모은들
어찌 너의 이야기 다 할까?
다 견주고 나설까?
너는 그렇게 증언이구나
순결의 봄빛이구나
사랑의 외침이구나
그 행복의 미소이구나

비의 독백

세상 이런 감정이라면
슬퍼도 후회하지 않겠지
메마른 땅 눈물이 된다면
그 어귀 위안이 되겠지

부딪치는 날엔
거기 울적한 소리가 되고
가녀린 흔적 되어
촉촉한 고백으로 남겠지

세상 이런 슬픔이라면
죄다 스며들어도 괜찮겠지
어차피 구름 속에 여울졌나니
다 젖고 젖어도 가하리

여리고 부드럽게
속삭이는 정으로
거기 사연 어루만지는
그만큼의 만족으로 남겠지

그것은 이 땅
모든 바람 속에 사무치는 것
먹먹하게 세월 흘러도
어느 애가의 노래 깊어지겠지

젖은 감성이려니
맑음으로 흐르는 고백이나니
추적거리는 갈급의 울림
그 기억을 적셔내겠지

양파

주방 싱크대 위
작은 용기에 담긴 다섯 개의 양파
그 싹 틔운 수경재배는
모정의 사랑이다

처음 매끄럽고 둥근 매무새
하얀 실뿌리 내리며
날마다 푸른 새순 밀어 올려
식탁의 양념으로 쓰인다

싹둑싹둑 가위질
어느 것이 먼저랄 것도 없이
그 다섯 개의 양파는
제 몫의 푸른 새싹 다 내준다

그로 인하여
단단하기만 하던 형체는
주름지듯 점점 쪼그라들고
볼품없이 변해가는 흔적이다

날마다 싱크대 한 귀퉁이
제 걸출한 일생 깊은 희생의 가치로 남겨
이 땅, 지극한 모정의 귀띔으로
감칠맛 나게 푸른 싹 내준다

누가 양파를 두고
껍질을 벗기고 벗겨도 알 수 없는
속 모를 것이라 비유하며
그 비감의 뜻을 견주었는가?

그 겹겹의 품속에서
제 육신 다 쇠하도록 내주는 푸른 기척
그 희생의 갸륵함,
어찌 사랑의 비밀이 아니겠는가?

어느 순간
뻣뻣한 겉껍질까지 벗겨지지 않은 채
수경재배 이름이 되어
쥐어짜듯 조용한 외침이 아니던가?

생애 흔적을 들여다본다
그 한 줌 여력이 다할 때까지
제 몸에 자양분 죄다 밀어 올릴 것이니
그 한의 일생을 느낀다

———

쪼그라들면서도 피운 양파의 푸른 흔적이 의미심장하다.

가위개미

개미의 열심을 보았느니
살기 위한 몸부림으로 하나가 되었느니
함께하는 동거의 가치로 수만 군단이 하나 되어
왕국의 진가를 가졌노라

거목의 푸른 잎사귀 그 향유의 지경을 찾아
사막의 길 행렬로 지나왔고
다시금 되돌아오는 기나긴 여정이었어도
흐트러지지 않는 대열의 질서 규범 새겼노라

어디 하나 제 몫의 거드름피움도 없이
그저 제 몸 몇 배가 되는 크기의 잎사귀를 치켜세우고
바람을 타는 요트의 풍경처럼 가볍게 내달리는 진수
그야말로 거인의 시선에 진기명기라

어두운 토굴의 왕국, 그래도 밖을 넘나드는 자유의 군단
거목의 푸른 희망의 불씨를 안고
세상의 연민을 그려내는 생이여, 삶이여!
작은 청춘의 시름 갸륵하노라

어느 하나 길을 잃지 않는
앞서거니 뒤서거니 사막 길 함께하는 동료애
저만치 푸른 기억의 여정,
그 왕국소통의 언어 꿈이 되었으리라

한 줄 바람결에도 뒤뚱거릴 여린 발자취
쓰러진 나무들의 산맥을 넘고 울퉁불퉁 암벽을 넘어
푸른 나무 찾아 삼만 리, 그 꿈의 결실 짊어지고 삼만 리
그 작은 세상 이야기 줄거리, 거인의 발끝에서 사무치노라

가위 개미, 푸른 잎사귀 잘라내어 물고 가는 풍경에서 생애 기이함을 느
낀다.

봄기운

깨어나고 있다
두 눈으로 똑똑히 보았다
그리운 어깨를 짚는다
아지랑이 동무로 함께하였다
토라질 수 없는 친근함이
그렇게 소생의 꿈을 어루만진다
앙상한 나무가 하품을 하고
들꽃이 눈을 비빈다
그 무엇도 게으르지 않는다
각고의 여력이란 것을 내밀며
흔적의 도리를 지킨다
흩뿌려져 씨앗의 비밀을 깬
아주 여린 흔적들
기운차고 싱그럽다
그렇게 다들 소중함이 그려진다
나는 느꼈다
깊은 회복의 은총,
그리고 소원의 길을 걷는다
저 파고드는 봄기운에
또한 아름다운 맹세를 한다

갈색 추억

아직 바라볼 수 있어
아직 뒤돌아볼 수 있어
흔적이라 하리

아직 느낄 수 있어
아직 감촉으로 여밀 수 있어
행복이라 하리

쓸어내려도
갈색 추억,
하늘빛이라 하리

억새 바람 엿듣고
그 애원으로 다가가
거기 그리움 마주하리

아직 생각할 수 있어
아직 새겨낼 수 있어
갈망의 깊이 더하리

쇠함 속에 빛
저 산 너머 로망으로
머무름의 기억이리

아직 남겨진 날
아직 흐르는 세월 속에
진한 갈색 추억 사랑하리

꽃노래

어여쁜 기다림아
어느 어진 가슴 여미려나
서러움 가득히 내려도
웃음 지어 보이는 천연한 사랑
어느 눈물 속에 피우려나
정녕 행복의 미련 감추지 않았느니
애써 드러내지도 않았느니
그렇다고 소원이 아니던가?
이미 존재의 숨결이나니
그 속삭임 세상을 울린다

어여쁜 연민아
어느 진심 어린 벗이려나
그 오죽한 느낌 활짝 펴
너의 속 깊음으로 가졌느니
먼먼 추억을 일깨워
피어나는 청춘의 거리
너 가꾸어지는 노래라
애써 겸손하지 않아도
바람은 너를 품어 안고
그 유영의 깊은 웃음 지으리라

어여쁜 그리움아
너의 낭만을 흥정하노라
고독이 쌓여 내리고
세월이 아픔으로 깊을 때
만감의 향기 품노라
세상, 그렇게만 의연하다면
어느 가슴 서럽다고 주저앉으랴?
청순의 빛을 담고
그 감촉으로 부르나니
어느 외로움 너를 깃들고 가리라

동행

무슨 이야기일까!
어떤 추억이라고 할까!
길을 나섰으니
뜻을 나눴으니
깊은 신뢰 키워야겠지

알고 보면
아주 오랜 약속인 것
그 뜻 헤아리노라면
심밀의 닻으로 깊어
거류의 위안 키워야겠지

세상 굴곡 길
숨찬 걸음 내디딜지라도
소원은 선물되어
기쁨으로 피우나니
올곧게 동행을 가꾸어야겠지

누림 속에 나눔
떠나보내고 맞는 날들
기억의 행복으로
삶이라는 주마등 밝히며
흔적 가꾸어야겠지

값은 주어졌나니
덤으로 누리는 일생이거늘
현실의 꿈을 틔울
동행 속에 새로운 신비감
감격으로 맞아야겠지

얼마큼의 영광일까?
그 어떤 희열의 가치일까?
길 위에 섰으니
그 여울에 젖었나니
애증의 절개 피워야겠지

얼마큼의 정인가?
그 가늠의 깊이는 얼마큼인가?
맑은 샘물의 뜻
동행 속에 흐름으로 새겨
소중함 피워야겠지

걷는 나무

기억한다
밀림 속에 걷는 나무
걸음걸이 감추며
촉수처럼 내민 갈망이라도
그곳에 안주할 수 없어
해를 따라 걷는 나무
그 걸음의 흔적은
지난 추억의 자리에 남긴다

걷는 나무
큰 키에 푸른 모자 쓰고
덩치 큰 그림자 제 몫으로 새겨
밀림 속 꿈을 찾아
비밀스럽게 두리번거리며
생채기는 붉은 피,
한 치 앞도 모를 세상
발길 떼는 숲의 나그네다

새겨둔다 흔적,
뿌리의 자유, 땅심에 두지 않고
양지를 향해 새 뿌리 내리고
음지의 뿌리는 버려
쉽사리 읽혀질 수 없는 비밀
지구의 허파라는 아마존
건기와 우기 속에 시름 섞인 워킹 팜,
그 외침 귀에 익다

향하여 선다
날에 날로 세월 깁는 일생
감춰진 걸음이 아닌가?
세상을 산다는 건 매한가지
숲의 길손이란
어드매 쉬 읽혀지지 않는 법
그래도 세상 뿌리
미동의 옮겨진 흔적일 거라

빛을 따라서
나날이 몸부림치는 고백,
걷는 나무를 생각한다
걷는 나를 생각한다
밀림 속에서, 세상 속에서
향함의 기척으로
기이한 흔적이 되어
걷는 나무와 나

―――

걷는 나무는 일명, 워킹 팜이라 불린다. 여러 개의 촉수 같은 지팡이 뿌리로 일 년에 4센티에서 많게는 20센티까지 이동하는 나무다. 중남이 열대 우림에서 자라는 야자수과에 나무다.

구절초 향기

너 흔적아
세상 향기로운 흔적아
이슬 젖고도 아름답구나
눈물이란, 아니 슬픔이란
어디 메 서럽지 않던가?

꽃의 흔적아
너 기다림의 흔적아
떠나간 만감의 자리
그렇게 쓸쓸히 피워낸 정
아직 구슬프게 아름답다

일생의 마디
애설게 남겨진 고백
너 올곧은 기척아
어느 시름 다 견주도록
너 기슭에 멋이렷다

너 흔적아
순수한 설렘의 흔적
못내 발길 멈추나니
떠나간 뒤안길
숨은 눈시울의 여운이라

어차피 지우고 간다지만
눈물 섞인 아름다운 추억
가슴 깊이 절절하게 여미나니
허허의 바람결 따라
내 마음 저만치 그리움 물든다

구절초 (10)

얼마큼의
꽃을 더 피워야
사랑이 무르익을까?

얼마큼의
향기를 더 내뿜어야
쓸쓸함이 다 지날까?

거기에 이별
그 자리 오랜 기다림
또 피어나는 그리움

모두는 그것을 견준다
모두는 그 속에 사무친다
모두는 연민을 삭인다

사랑할 수 없다면
그 사랑을 느낄 수 없다면
세월이 슬프리라

눈시울이 뜨거워진다
꽃빛 시련이라도
그 속에 열망은 아름답다

아직 피어날 수 있어
갸륵한 흔적이라
기어이 사랑 깊어지리라

억만 송이 꽃을 피우리라
그 향기로 말하리라
고독한 행복의 미소를 지으리라

빛과 그림자

한 송이 꽃의
향기로운 눈물이 없다면
삶은 슬픔으로 끝나리

한 송이 꽃의
향기로운 눈물이 깊다면
삶은 기쁨으로 깊으리

흔적의 그림자란
빛의 아리아 사위어내는 것
그 뜻 깊으리

세상 빈들의
그 황막한 의미를 안다면
알곡의 가치도 깊으리

시절 속의 뜻
그 쇠함의 의미가 깊다면
새순의 숭고함도 깊으리

꽃의 희열과 처절함
그 빛과 그림자를 안다면
감회의 눈물 뜨거우리

세상 비애를 품었어도
언제나 들춰지는 새로움이 짙다면
위안의 노래 쇠하지 않으리

한 송이 꽃의
그 눈물로 뜨겁다면
세상 향기로운 눈물이 되리

대둔산에서

산바람 뒤척여
가만히 귀 기울여보니
살가운 가을 소리
오색빛깔 새긴 술래다

내 가슴 가을빛
선홍빛 짙다 했는데
저 기슭에 추억 이야기
더 진한 빛이다

먼 산 바라보니
거기 점하나 꿈 하나
내 가슴에 아려오는 이름표
저기 더 붉은 기도다

색으로 빛으로
숭고하게 그리는 노래
내 가슴 깊다 했는데
저기 더 깊게 외고 있다

흔적을 뒤척여
잠시 설렘을 견주고
다시금 뒤 안의 이별 속에
깊은 향수를 긷는다

전북 대둔산 전망대에서, 화순시찰 교역자회 하루 여정에 부치며

해안도로

바다를 흥정한 길
밀물의 경계를 발밑에 두고
낭만 가도의 추억으로
바다의 속삭임 엿듣게 한다

흔적은 구릿빛
어귀어귀 해안선 굽이마다
설렘의 창을 열어두고
결 바람에 향취를 품었다

만감을 채우는 것은
내 추억의 무게
덩그러니 내민 갯벌은
엊그제처럼 내 삶의 기척이다

그렇게 기대던 바다
물결 하소연에 하나가 되던 기억
검은 갯바위에 눕던 사색
다시금 가까이다

물결치는 해안도로
뭍의 등선 자락에서
바다를 외는 외로운 행복
지난날을 가슴으로 뒤척인다

———

　강진만 간척지 해안도로 라이딩에 부쳐

낙엽 길을 걸으며

길 떠난 고백으로
내 한맘 내밀었는데
내게로 오는 낙엽의 정은
수수만만의 갈래였다

깊은 산허리
덧없이 내쉬는 숨결로
내 한 걸음 다가섰는데
거기 오랜 추억 열어주었다

노을빛 짙어
내 한시선 두리번거렸는데
뒤척이는 아름다움
무수한 눈망울로 껌벅였다

상념, 탑이었다면
저 산 높이였으리
상념, 흘러내렸다면
깊은 호수가 되었으리

스치는 바람결로
내 작은 어깨 들썩이는데
내게로 이는 향유는
그윽한 행복으로 서렸다

느낄수록 가벼워지고
새겨볼수록 그리워져
내 한맘에 새겼는데
오랜 기다림을 들려주었다

추억이라며
내 흔적 견주었는데
이미 그 자린
내 몸부림이었다

한사코 짐 져도
버겁지 않은 어깨동무
호젓한 길벗 되어
애틋한 시어로 나를 에운다

그건

사랑이라고 말했다면
눈물이라고 말했다면
그건 나의 추억입니다

기다림이라고 말했다면
그리움이라고 말했다면
그건 당신의 추억입니다

언제나 그랬다며
한순간도 잊을 수 없다고 하면
그건 나의 소원입니다

간추려진 여운이라면
가슴 아리는 일깨움이라면
그건 당신의 소원입니다

오랜 염원이라면
질곡 속에 갈망이라면
그건 나의 것입니다

다가오는 것이었고
어느 날 맞이함이었으니
그건 당신의 것입니다

삶이라는 그림자
오솔길 하나가 되었으니
그건 향유의 선물입니다

기척이 되었고
느낌이 되었으니
그건 누림의 기쁨입니다

피어난 것을
향기로운 것을
행복으로 여길 일입니다

작은 배

허허바다에
둥둥 떠 있던 작은 배
언제나 닻을 내린 기다림으로
내 삶의 갈망을 태워주었다

바람 부는 날에도
물결 거칠게 부서지는 날에도
언제나 항해길 키를 내리고
사색과 위안을 띄워주었다

그 여정엔
갈매기 울며 나는 풍경도
섬 자락 짙게 멍든 구릿빛 흔적도
고독한 낭만으로 품게 하였다

언제나 바다로 가는 길은
그리 순탄치 않았지만
거친 바다 물결 가르는 작은 배는
낮은 시선을 열어주었다

떠나는 설렘
되돌아오는 위안
썰물과 밀물의 흐름 속에
언제나 포구의 정도 읽혔다

그 작은 배
내 삶을 띄운 손때 묻은 기척으로
그렇게 한 시절 수놓으며
갯내음 가슴 깊이 사무치게 하였다

———

　내 삶을 태운 작은 배, 가까이 바다를 읽힌 내 젊은 날의 추억이다.

가시나무

지울 수 없는
아픔을 안고 산다
가파른 기슭의
작은 울림으로 산다

상처투성이
목마름을 안고 산다
구름 나그네
애달픈 소원으로 산다

지친 날갯짓
저리고 저려도 가꾸며 산다
나날의 염원
이슬에 씻기며 키질한다

흔적이 뿌리 깊어
여운 속에 기억으로 산다
바람 속에 기척
촉촉한 시선으로 산다

그립도록
머물다 가는 이야기
날마다 뒤척이며
새긴 꿈을 꾸며 산다

서러워도
꽃을 피우며 산다
하루하루 여민 정으로
저린 행복을 다듬는다

세상의 이랑
연신 흔들거려도
천명의 약속 새겨두고
연민의 뜻 기리며 산다

황태

마른고기라 얕보지 마라
추억을 삭이는 맛으로
구름 관중 부른다
너른 바다에서 자라
깊은 산골에서
세상 발길 무던히도 부른다
한겨울 찬바람 쐬며
수십 번 얼고 녹아
한여름에도 거뜬히 맛을 부른다
삐쩍 말랐다고 업신여기지 마라
메마른 매무새 자작자작 두들겨
속 깊은 맛 부른다
세상이란,
안다고 해도 다 알 수 없는 것
황태덕장은 그 기막힌 사연 부른다
예전, 삶의 무게 지우려
깊은 산 얼음골에
생애 염원 질펀하게 펼쳤다
그 소원 하나
꽃이 되어 흐드러지듯
굴곡진 애환 황태는 부른다
저 먼 바다로 와서
깊은 심산유곡에 띄운 황태,
숱한 삶의 여흥 부른다

강원도 인제면 용대리엔 황태가 있다.

폭포 (2)

하얗게
실타래처럼 펼치며
결에 결로 춤춘다
소리 외며 춤춘다
맑은 감으로 춤춘다
소원이 바람을 탄다
하얀 안개비로 흩날린다
싱그러움 사무친다
어느 구름이 남겼나
어느 숲의 만감이었나
절경의 속삭임이다
높이 높이로 춤춘다
아래 아래로 춤춘다
하늘하늘 춤춘다
그날의 약속으로 춤춘다
저만치 열망으로 춤춘다
하얀 꿈으로 춤춘다
먼 날 여운 남긴다

비 내리는 토란밭

여름날,
가뭄 적시는 빗소리에
토란밭 전역엔
은빛 초롱별이 뜬다

아롱아롱 맑음
토란잎 수반에 담겨
우중을 곱게 수놓는
은빛 전율로 반짝인다

갈망의 잔주름
내리는 빗물에 펴지고
오목한 토란잎은
맑은 여울 비추어 낸다

푸른 토란밭
송알송알 맺힌 은빛들
저마다 크기로 무게를 다 재면
이내 진별이 된다

청아한 정취로
천연한 열망의 토란밭
하오의 비를 맞으며
맑은 수정 빛 낭만 펼친다

물기 촉촉하게
지경에 소원 흠뻑 적신 날
짙푸른 토란잎엔
물빛 초롱별이 뜨고 진다

소나무 (15)

듬직한 소나무가
바람의 무게를 달고 있다
늘어진 가지는 자연스레 저울추가 되어
흔들흔들 덤 얹은 눈금을 잰다
그렇게 세월이 먹혔다
풋풋한 기억이 성성하게 영글었다
저마다 우직한 목적이
깊고 고적한 기슭에 두드러진다
그 아랜 누군가 발붙였을
동심의 추억이 흐른다
그 흥정의 값은 평생의 것이다
세상살이 순수함이란
얼마나 값지고 숭고하던가
솔잎 울창한 소나무가
화수분처럼 향긋함 내밀어
숲의 정 담담하게 지킨다
그래서 비워두고 보면
그곳엔 보이는 것이 아주 깊다
저렇게 고대하는 흔적은
푸름 속에 깃든 갈망이다

시간의 굴레

그 무슨 매듭도 없는데
꽉 짜인 틀 형성하듯이
나뒹구는 것들을
고스란히 사방을 둘러
차곡차곡 채워두었다
떨어지거나 부서지지 않는다
가득한 흔적들인데
공허함에 매이지 않는다
오히려 뒤척이는 것이다
이렇게 저렇게 각각
정말 따로따로지만 보듬듯
질서를 지키는 것이다
그 무슨 형체도 없는데
어제와 오늘이란
그 존재의 단언 짙게 하며
무수한 사연 담금질이다
다시금 그 영문의 것
구슬프게 귀담는다

제6부

바람 새

바람 새

건너편 솔밭이
바람 새의 짙은 흔적에
한껏 동요되는 흐느적거리는 자태로
짙푸른 삶의 기운을 내고 있다
지천에서 온몸 부비는
깊은 회한의 무수한 표상들이
멀어져간 바람 새의 초연함을 담았다
언제나 뒤안길에서
내 삶의 찌꺼기처럼 남는 것들,
언제나 한순간의 집착이었고
설익은 욕망의 것들이었음에
선뜻 접지 못하던 서투른 페이지로
내 내면의 아련한 기억이 된다
지금 내 안엔 맥박소리가
바람 새 같은 조력의 섭리 속에서
일상의 깊은 회한은
밝은 의미의 표상으로 다가온다
스쳐 가는 바람 새의 울음을 낳으며
시절을 엮어내는 자태들처럼 말이다

사랑함이란

사랑함에 있어선
때로는 짐이 됨도 필요합니다
사랑함에 있어선
때로는 속박도 필요합니다
그러나 그건
짐이라고 속박이라고
말할 순 없습니다
그런 사랑은 사랑이 아니기 때문입니다
사랑함에는
주는 자도 받는 자도 행복한 것입니다
거기에는 대가를 바라는 것이 아니기에
그걸 짐이라고 할 수 없습니다
그 의연함의 향 내음은
가시밭길 험산 준령이라 하더라도
주저 없이 날려주는 숭고함이기에
사랑함이란
언제나 아름답습니다
결코 짐이 되거나 속박도 아닙니다
거기엔 오직 애잔하게 부여안을
행복의 여운만이 일 것이기 때문입니다

소록도에는

소록도에는
고진감래의 기쁨이 있었습니다
인생광야 매서운 한파 속에서도
소망의 봄날은 다가와
천상의 희망이 가득 피어나고 있었습니다

피눈물 짓는 고난 속에서도
가슴속 뜨거운 울림으로
진정한 기쁨의 원리를 그려내는
세상 변방의 고백들이
애잔한 하모니로 여울지고 있었습니다

소록도에는
오가는 사람 아쉬움도 많지만
그러나 남아 있는 자의 외침 속에서는
고난 중에도 즐거워하려는
소망의 닻이 즐비하였습니다

하늘을 우러른 고백
이 땅에서의 소망은 꺾어졌지만
그 잃어버린 희망의 아픔보다
이젠 더 큰 소망의 근원들이
인생광야 소록도에는 가득하였습니다

신록의 노래

맑고 맑음이
내 마음을 채질합니다
부드럽게 저미는
신선한 바람결을 따라
아카시아 꽃 내음이
내 후각을 한껏 후비고 맙니다

저 숲 속의 호사가도
한껏 청아한 목청을 돋우어
내 청각을 일깨우고 있습니다
잎 새 푸름이 절정인
그 아름다움 아늑함을 이루며
너울너울 진귀함을 엮고 있습니다

삶의 그리운 벗이여!
신록의 풋풋한 향기 속에서
여정의 낭만을 새기지 않으시렵니까?
고운 선율 잠시 귀담다 보면
이내 여린 숨결 따라
마음의 정서 깊어질 것입니다

참 놀라운 광경

아— 신비로운 풍경이라
파도의 자장가를 듣고 싶어서인가
여기 수백 수천의 주상절리
숨죽여 귀 기울인 듯 모여 있구나

한껏 끓어오르려다
미처 다 태우지 못한 채로 식어
이토록 긴 세월 여기 해풍을 맞으며
놀라운 장광(長廣)의 절경이 되었구나

또 한 무리 사람들 웅성대다가
모두 바쁜 걸음으로 되돌아간 자리
또 누군가의 가슴을 설레게 할 채비로
밀려와 부서지는 파도의 애잔함을 맞는다

아— 놀라움이어라
아름다운 자태 고운 맵시
기기묘묘함
그래 두고두고 기억하자

파도에 검게 멍든
오랜 세월의 기다림의 자리
천혜의 진귀한 걸작인 것
그래, 오래오래 새겨두자

———

　서귀포 해안 주상절리를 보며

추억의 찐빵

선창가 골목길 한 곳
작고 허름한 자판 위로
언제 보아도 정겨운
팥고물 지닌 하얀 찐빵
먹음직스럽게 옛 추억을 내민다

긴긴 세월에
숱한 입맛들의 색다름은
새로운 터를 잡고 말았지만
지금도 내 발걸음 잡는 건
예전의 서려진 그 소담함이라

겨울바람이 매섭던 날
나이 든 노인네 빵집에서
서민들 애환을 넌지시 들으며
그 한 공간을 채웠던 자리
지금도 목포 항동시장 풍경 여전하리라

그땐 이렇게
많은 세월을 넘기고 난 뒤에
이토록 그 추억을 그리워할 줄은
미처 모르고 지나쳤지만
이젠 그날들이 아름다운 옷을 입었다

유월의 향기

이름 없는 일상을 맴돌다
어느 산허리 토양이 되고
그 위엔 이름 모를 산초만이
야속한 세월에 꽃을 피웠습니다

잃어버린 가슴들은
한 서린 이슬방울로 젖어있고
말없이 떠나버린 청춘의 이별은
깊은 침묵의 그늘 속으로 스며들었습니다

전란의 소용돌이 속에서
핏빛 아픔을 부여안고 이슬져간 이들
나라와 민족의 안녕을 위해
귀한 목숨 시대의 부름 앞에 바쳤습니다

이젠, 전쟁의 포성 멎은 지 오래
한시적 평화의 협약은 분단의 아픔으로 남아
해마다 유월의 그날은 통한의 눈물이
굽이굽이 강물처럼 흘러내립니다

이름 모를 산초처럼
흐릿한 흔적만 남겨둔 무명용사들
말없이 세월 속 아쉬움을 두른 채
그날을 되새기는 가슴에 숭고한 꽃입니다

———

　6월 6일 현충일에

홀로서기

나만의 작은 공간 속에는
오늘도 들꽃이 무수히 피어난다
소박하게 여린 매무새로
이슬 젖은 연민을 꿈꾸던 자태들
길고 긴 날 침묵을 넘어
맑은 자유의 함성이 된다

애절한 사연들은
멈추지 않는 삶의 흐름이 되고
오늘의 일상들이 어제의 이야기로
낙엽처럼 수북이 쌓이고 나면
더더욱 굵어지는 생의 마디들
그건 홀로 서기에 부산물이다

오늘도 나만의 작은 공간에는
사색 속으로 여울지는 정감이
삶의 물결로 너울지는 영롱한 빛이 되어
여린 순수를 일깨우는 벗들이다
그 한결같은 존재들은
서로가 키 재기 하는 모순이 아니다

그건 아름다운 세상의 진면목
부여안은 존재의 깊은 의미를 담고
힘겨운 과정을 이겨냄이며
홀로 선 자리매김의 그 진솔함이며
머무는 동안의 소중한 가치를 지닌
홀로 서기에 하나 된 몸짓들이다

섬 나들이

돌담길 굽이굽이 돌아 수만 리
푸른 초록의 광활함이 서려
섬나라 이국적인 풍광을 담은 탐라
하늘마저도 구름 한 점 두지 않고
한라산의 우람한 자태를 읽힌다

하얀 포말로 섬 자락을 두르고
흑갈색 바위 절경 마다
아름답고 진귀한 비경으로 내보이며
오는 손님 가는 손님에
독특한 섬의 진면목을 선사한다

거친 땅 척박한 환경을 일구어
사람의 탄성을 빚는 애잔함은
돌로 쌓은 밭담, 집담에서
실로 그 손때 묻은 질고로 묻어나
거친 삶의 애달픔을 느낀다

그토록 숭고한 생명의 저력은
거친 파도에 힘겹게 적응하여
수평선 맞닿은 아련함에 추억을 뿌리며
삶의 울타리를 틀었던 그 옛날의 이야기가
섬나라 곳곳에 표상으로 듣는다

아- 이어도 사나, 이어도 사나
있지도 않은 피안의 세계를 꿈꾸며
그 고단한 일상을 버틴 사람들
화산재 메마른 토양과
산속 깊은 숲 속 생면부지를 이뤘음이
섬 나들이 가슴에 알싸하게 저민다

———

제주도 여정에서

아름다운 조화

해변의 낭만이란다
하늘과 바다가 맞닿아
수평선 너머에서 하나가 되고
사람과 사람이 정겨운 풍경에로 도취되어
해변의 속삭이는 귓속말에
저마다 숨겨둔 마음을 내민다

검은 침묵의 바위 사이로
은빛 고운 모래의 어여쁜 조화
맑고 깨끗한 비췻빛 물결
한줄기 추억의 보푸라기를 풀어주는
바람 속에 깃들이는 갈채라
설렘으로 서려오는 정감이라

사랑하는 이여!
사랑의 아름다운 노래를 부르자
때로는 말없이, 때로는 크게 외쳐
이 전경의 전율되어
너와 나의 아름다운 삶의 조화를
조심스럽게 가꾸어 나서자

영랑 생가에서

그토록 한 시대를
가슴으로 속삭이던 님은 갔고
그토록 애태우던 가슴앓이
흔적만 긴긴 세월 속에 가득하다

초가삼간 처마 끝마다
수없는 그리움 서려 있으련만
그것은 말없이 찾아온
나의 나, 나그네의 그리움인가?

글 짓고 읊으며
만감의 시름 거두었을 생가
댓잎 부비는 소리
먼 바람결 따라 흐른다

모질게도 그리운 듯
영랑 생가 화단에 가득한 모란꽃
쓸쓸히 이끼를 품은 돌담
아직도 어제인 듯 추억이다

속절없이
바람과 구름과 세월로 깊어
깊은 사색의 그리움
내 가슴에 선물로 아련히 남긴다

　　강진 영랑 생가에서

진실이란

진실은 언제든 변하지 않는다
천년의 세월이 흘러도
구름이듯, 바람이듯, 물결이듯
곁에서 흐드러지고 출렁거린다

진실은 거짓의 그림자에
때로는 덮이고 스쳐도
햇빛, 달빛, 그대로인 것처럼
천년의 세월이라도 한결같다

가슴마다, 삶마다, 고동치며
이슬 같은 싱그러움이련만
어둠의 옷깃을 비비며
어찌 거짓을 친구 삼으려는가

천 년이 가고 천 년이 와도
진실을 저버리고 외면하면
그 무슨 의미가 있으랴
돌아서서 참 맑음의 세상을 꿈꿔라

세상에서 가장 아름다운 건
본연의 자세를 저버리지 않고
진실의 울타리를 높이 세우며
그런 순수한 마음 가꾸어 감이다

옛터

한때
무궁한 자취는 간데없고
초로들의 품에 안겨
다 산화한 뒤
이름 없는 무명의 거처로
실낱같은 옛 흔적으로 초연하다

한때
일궈지던 텃밭도 묵혀져
그 터전의 처음으로 가고
철없는 새들만 지저귀며
옛 고적함을 달래고 있다

한때
머물던 나그네가 떠났으니
그 뒤안길 쓸쓸함은 오죽하랴
그 떠남이 그렇게도 아쉬운 듯
이름 모를 잡초만 무성하게 서성인다

겨울 바다

눈 내리는 겨울 바다
수만 리 서러운 눈물이여
울다 지친 겨울날의 로맨스
설레는 맘 다가서도
언제나 애끓는 목마름이여

밀려 밀려와
쉴 새 없이 부서지는 애절한 포말로
주옥같은 금빛 모래알
적나라하게 해변에 흩뿌려
아름다운 풍광을 엮는 겨울 바다

고즈넉하게 배어있는 낭만
그 속엔 하염없이 그리움 움집을 짓고
물빛 짙은 몸부림 속엔
수줍어 말 못하는 애태움 서린 채
다가선 벗들을 마냥 에둘러댄다

세월과 나

미래는 나를 설레게 하고
흐르는 세월은 나를 그립게 하고
피어나는 꽃잎은 나를 깨운다

나에게 쌓여지는 시간들
그 시간들 사이로 나는 추억을 남기고
그 주마등 같음은 내 기억을 에운다

주저 없이 멈춤 없이
세월 흐름 속에 맑음의 자태를 갖추려 함은
세상사는 일생의 옥석이라고 싶다

허름한 풍광에서도
아름답고 숭고함이 배어나듯이
인생이란 꽃을 곱게 피우고 싶다

세월 속에 향기가 되어
그윽한 정감을 흩뿌리는 존재로
그렇게 세월 속에 결실이고 싶다

생각이 깊어갈수록
세월 속에 이야기 해맑게 나누며
삶이라는 숭고함을 외치고 싶다

존재한다는 것은
세월 속에 이미 결실이 되었음이니
진정 나의 세월 아름답게 가꾸고 싶다

당신의 고움이 되고 싶습니다

저 봄날의 따스함이
가슴마다 싱그러움 다소곳이 안겨주듯
난 당신의 진정 아름다운
그 해맑은 고움이 되고 싶습니다

정녕 당신이
순백의 감성을 토로할 수 있다면
난 당신의 청순함을 일깨우는
애잔한 작은 몸짓이고 싶습니다

분주한 삶의 여정에서
당신이 행복해하면서
밝은 웃음 이어갈 수 있다면
나 그런 행복한 웃음의 이유가 되고 싶습니다

세월이 가도 날이 가도
언제나 변하지 않는 순수함으로
바람이듯 구름이듯 아름다운 고독처럼
나 그런 당신의 일부분 되고 싶습니다

꽃은 피어도 시들고
봄은 와도 다시 가지만
나 한평생 당신의 아름다움 속에서
한결같은 당신의 고움이 되고 싶습니다

새싹 돋은 고목

보기엔 아름드리 고목인데
어떤 연유에서인지
꼭 필요한 자리에 서 있으면서도
앙상한 가지마저도 모두 떼 내고
그야말로 몽당한 매무새로
찬바람을 맞으며 추운 겨울을 나며
작은 간이역 주변 한구석에 썩어가던 나무,
사람들은 그 나무가 말라죽기를 기다렸을까?
이만하면 다가오는 봄날엔 말라 죽으리라
그때쯤엔 작은 빨랫줄이라도 걸든지
아니면 자그마한 안내판이라도 걸어둘까라며,
잎 무성한 가지를 사정없이 잘랐을 법한데
그래도 그 나무는 생명의 여력이 있어서
봄이 오는 길목에서 그 모진 상처를 이겨내고
봄날의 푸른빛을 애처로이 싹 틔웠으리라
그러나 덩치 큰 아름드리나무는
아직은 그늘을 드러내지 못한 채 힘겹게 여름을 나고 있다
패이고 잘려진 상처투성이 속에서
끈질긴 생명력과 꿋꿋한 여력을 내보이는 거목,
유월의 때 이른 불볕더위 속에서
작고 가녀린 푸른 잎새를 소원으로 새겼다
나그네 발걸음 머물다 가는 간이역,
소박함 속에 낭만 흐르고 있을 때
한낮의 태양은 무덥게 내리쬐고 있었다

기다림

창밖은 봄이 왔습니다
봄의 그 따사로움은
짙푸른 세상을 가꾸기 위해
햇빛 포근한 둥지를 틀었습니다

그토록 토라진 듯한
침묵의 나뭇가지들도 이름을 감춘 씨앗들도
다가선 봄날의 연일 다독거림에
고운 잎새 웃음을 지어 보입니다

깊은 산 속 맑음을 담고
졸졸거리는 시냇물 여울마저도
기다리던 봄기운에 흥이 난 듯
굽이도는 계곡을 따라 한껏 메아리칩니다

내 사랑이여!
내 아지랑이 그리움을 품은 사랑이여!
저 봄날의 정겨움이여!
그 속에 사무치는 사랑이여!

내 기다림이여!
오늘이 가고 내일이 와도
설령 이 봄날이 내겐 아픔일지라도
기다리는 내 의연함은 일 것입니다

날마다 갈망의 잔을 두고
그 속에 소원의 값으로
이렇게 봄빛을 가슴에 흥정하면서
깊은 사랑의 낱말을 속삭입니다

날 내버려 두소서

나 사랑하게 내버려 두소서
아름다운 결실로 사랑하게 하소서
벌, 나비가 꽃에 취하듯
그대의 고운 미소에 다가가
행복함을 거두는
그 진한 꽃빛 사랑을 거두게 하소서

나 그대를 바라보도록 내버려 두소서
분주한 세상 엉겅퀴 속에서
한 송이 피어오른 아름다운 백합화처럼
피어있음이 아름다워 발길 멈추고
누가 보나 두리번거리듯
눈빛 사랑스럽게 바라보게 하소서

나 그대를 보았기에
그대가 나를 보았기에 이러쿵저러쿵
그 어려운 해법 따위는 잠시 접어두고
마음의 순결한 순백의 정으로
산빛 맑은 물에 어리듯
그 숭고한 여울로 묻히게 하소서

날 내버려 두소서
사랑하게 하소서
바라보게 하소서
나 그대를 알기에
그대 나를 알기에
가슴앓이 행복을 맛보게 하소서

침엽수

공원 한 귀퉁이
풋풋한 몇 그루 침엽수
아주 오랜 봄의 기억
그리도 단정하다
가녀린 가지엔
꽉 찬 부요의 무게가
깊은 소원 적시고 있다

일평생 마주 설
파란 눈동자로 빛날
진정성이란
그 다짐 새겼다
살아 숨 쉬는
연신 부드러움의 기척
말을 거는 바람이다

저 변함없음의 것
그 어느 사색이 다가서면
사무치는 여원의 가치
그 한숨 저 푸름 뒤척이겠다
호젓한 풍경의 사귐
아직 먼 시선의 몫으로
세월 걸쳤다

모순에서 벗어나게 하소서

죽어 떠난 이별도 아닌데
다시는 못 볼 그리움에 사무쳐
애절하게 시 구절만 써내려가면서
주절주절 가슴앓이로
이토록 애태우는 심정이라면
이것이야말로 모순이 아니겠는지요?

멀고 먼 길 가버림도 아닌데
찾아도 찾지 못한 자포자기 심정으로
벅찬 가슴 보고픔에 못 이겨
그대 얼굴 떠올리고 이름 부르며
긴 밤 지새우는 지친 맘
이것이 진정 모순이 아니겠는지요?

그대여, 내 여린 심성을
억지 같은 모순으로 망하게 하지 마소서
그대여, 내 곁에 가까이 오소서
내 가까이 포근함을 풀어 주소서
그대 갸륵한 마음의 향으로
내 사랑의 여울 묻히게 하소서

그대, 아름다움이여!
그대의 백합화 같은 향기를 내게 주소서
그대의 진한 정을 내게 주소서
너무나 그리운 나머지
지금 내 마음은 몹쓸 병에 걸린 듯하오
어서 속히 내게로 와 따뜻한 품이 되소서

나 그대 품에서
그대 심장 소리 들으며 기뻐하게 하소서
그대는 내 마음에 꽃이라오
그대는 내 마음에 샘물이라오
그대여, 내 사랑의 목마름을 적셔 주소서
이로 나를 모순에서 벗어나게 하소서

늦가을 강

철새들 시린 물결에
아직 발 담그나
어디로 가는
그 길에 서 있나
낙엽은 어느새
둥둥 떠가고
나지막이 여울지는데
아직 그리움 담그나

날갯짓 추억
누군가 불러주려나
그렇게 떠나간 뒤에
그 시린 자국 만지려나

늦가을, 강
저 홀로 흐르는 것에
누가 맘 담그며
그 시림 나누나

아직 그 노래
바람결이 불러주나
아직 그리운 것
산 그림자 깊어지나

떠나간 것을
그리워할 것을
늦가을, 강
도리어 어루만지나

커먼말로우(당아욱)

꽃이라 불러주면 꽃이요
사랑이라 불러주면 사랑이겠다
너의 아름다운 이야기
그 어디에 띄워 보낼까?
어찌 보면 무궁화,
어찌 보면 천리화,
하지만 아욱이란 이름(커먼말로우)
순수함 새겼구나
그래, 오라 가라 새겨 보내자
비밀한 속삭임 담아
하늘가 구름 가는 그곳에
향기로움 가득한
그 이유 묻고 묻자
그래, 이리 보고 저리 보아도
죄다 보듬은 정
꽃이라 불러줄 것이니
사랑이라 불러줄 것이니
고이 간직할 몫으로
내가 아는 그 꽃이라고
다시금 그 이름 부른다

바위취

허허의 그곳, 꽃이라며
산 그림자 덧입고
곱게 자란 애련의 멋이여,
고스란히 품은 정
어느 추억 그리워하는가
그래도 바람결이
먼저 찾아왔구나
너의 향기 보듬고 있구나
서러워 마라
아쉬워도 마라
너의 깊은 외로움
그 누군가 매만지기만 하면
부요하다 하리라
가슴앓이 행복 쓰다듬고
오롯이 애증 뒤섞어
사랑이라 하리라

아침

달빛 사색이 깊다
어둠을 벗는 장엄한 태동
고요함이 그 큰 진동을 다 삼켜버렸다

태동 속에 드러나는 것은
천지를 뒤흔드는 극과 극의 경험인데
깊은 상념으로 간직한 초록빛이다

흑막의 권세는
매일 매일의 관문의 고성
깊은 숙면 속에 열정을 내려놓게 한다

그 밀려옴의 소용돌이는
만일 귀가 열려 들을 수 있다면
아마도 고막이 터져 버렸을지도 모른다

그러나 고요함 속에 먹혀 왔으니
밤새 드러누운 세상에 자유를
깊은 어둠의 장막 속 안식의 요소로 새겼다

이슬이 촉촉하다
이슬로 숨죽여 오는 새날의 장엄함
그 속에 그윽한 향이 흐른다

그 찬연함의 울림은
점의 흔들림 같은 가녀린 끝에 매달고
새날의 기염을 토한다

정적을 풀어 제친 아침
파노라마 같은 그 희열의 연가를
오롯이 피어난 꽃빛이 감격으로 품었다

길마중

먼 기억을 안고 오는
저 무수한 것
우리 여운에 짙다

흐르고 있는 곳에서
거기 기다림의 것
우리 애련함 거든다

거기 헐벗음에서
결코 쇠하지 않는 것
우리 가슴에 사무친다

누군가 그것은 미로
누군가 그것은 훤함
우리 마주치는 곳이다

줄기찬 세월의 여울
시간의 향유
우리 길마중이다

지금, 그 너머에로의
홀연한 손짓
우리 시선에 가득하다

해변의 그늘

덧없이 짜디짠 내음
스치는 바람결 따라 엿보듯
긴 세월 그늘 품은 해송
그 아랜 추억도 짙다
그 누구라도 바라볼 시선
고즈넉한 틈새를 갖추어 두고
구슬픈 해변의 노랫말도
다소곳이 걸쳤다
햇살은 토닥거리듯 은빛 돋우고
먼먼 다짐들 한사코
그늘 아래 꼽는다
깊은 울림들
사색의 강 사무치도록
쌓이고 쌓였을
해송 아래 기도였으리
무심한 듯 멀어지고
세심한 듯 가까워지는
이름 가진 여울
아득하게 뒤척여 온다

제7부

그리울 땐 그리워하자

유월이 오면 더욱 그리운 모습

빗물처럼 흐르는 아쉬운 눈물
하염없이 넘실대는 그리움만 남긴 채
그토록 속절없이 떠나간 누님,
그 세월의 뒤안길은 어느새
아련한 기억의 등잔불로 어립니다

힘겹고 고달픈 삶에서
서럽게 드리워진 정이었기에
살아있어 애타는 가슴엔
피맺힌 이별의 고통으로 남아
깊은 정을 헤이며 그리워합니다

누님과 지내던 날들을 되돌아보면
그야말로 물새처럼 떠도는 곡절의 삶이었습니다
한 줄기 부표를 띄웠음에도
세상 깊은 안도의 이정표 같은
그 정 내음만은 변할 수 없었습니다

하늘이 부여해준 형제애
몸소 실천하여 내보였던 누님,
언제나 안타깝고 안쓰러워 눈물짓던 모습
어머니의 빈자리를 흔적 없이 채우셨기에
진정 누님의 빈자리를 뼈저리게 그리워합니다

이름 그대로 방초의 삶
이름 없이 푸르른 들풀, 들꽃처럼
그렇게 작은 자의 삶을 꾸리며
세상 외롭고 허전한 길모퉁이 돌고 돌아
그렇게 어느 유월, 먼 하늘길 나아가셨습니다

해마다 유월이 오면
못내 잊혀지지 않는 기억의 등잔으로
세상의 아름다웠던 추억,
사랑한 누님의 갸륵한 정이
내 가슴에 눈물겹도록 그리워집니다

떠나가는 배여

떠나가는 배여
약속 따라 떠나가는 배여
그 배에 내 마음의 소식 좀 전해주오
길고 긴 날 그토록 그리움의 찌든 사연
그 가슴앓이 소식 좀 전하여 주소

떠나가는 배여
다시금 그 배가 돌아올 적에는
정든 내 님의 소식도 싣고 와
내 작은 가슴에 행복의 내음
모란 김처럼 피워 올려내 주소

떠나가는 배여
그것도 정녕 아니거든
정든 님과 나를 그 배에 싣고 가
유서 깊은 해안을 노닐 게 하소
그 아름다운 시간 속에 머물고 싶소

한껏 노래 부르고 싶소
두 손 맞잡고 노닐고 싶소
정든 임의 사랑 헤이고
그 속에 피어나는 행복
해변에 낭만으로 속삭이고 싶소

떠나가는 배여
시간 속에 떠나가는 배여
다시 돌아오고 떠나갈지라도
그 속에 내 몸 실은
그 위안의 자리 오래오래 삼고 싶소

새벽의 환희

고요한 새벽녘
만물이 잠에서 깨어나기 전
긴 밤 별빛 노닐던 자리
서산 위에 붉은 달 걸쳐
새날의 문지방 장관의 연출이다

새벽은 아물아물 밝은데
계란 노른자 같은 달빛의 기풍은
두둥실 서쪽 하늘가
고적한 산맥 병풍 같음 위에
잠시 천혜의 환희로 어렸다

매단 끈도 없는데
받쳐주는 지주대도 하나 없는데
바람도 잠든 정적 속
이슬만이 살며시 눈을 뜬 시각
내 가슴에 설렘을 일으킨다

저것은 조물주의 작품
신기하고 놀라운 새벽 여로
누가 이 새벽에 감격일까?
보는 사람이면 감격의 환호성일 것
내 마음 흔들어 버렸다

저 산맥을 넘어가기 전
저 새벽이 감추기 전
동천에 떠오르는 태양이 감추기 전
나를 깨운 달빛을 삭이며
나는 가슴 벅찬 기도의 고백이 된다

———

어느 새벽길을 나서다가 바라본 달빛 풍경, 적막한 전경 속에 서산에 걸친 그 진풍경 그것은 전율이었다.

겨울 하얀 꽃

찬바람 언덕을 스치고
산허리 돌고 돌아
기슭에 끝자락 이르고 나면
어느새 움터버린
새하얀 은빛의 꽃 맵시
그러다 따사로운 햇빛 내리면
반짝반짝 영롱함을 비춘다

나무마다 눈물이다
차갑게 세상 기억을 갖춘다
잠시 시련 속에 아름다운 뿌리가 된다
그 꽃의 여러 목록은
가장 빨리 피었다가 빨리 지는
서리꽃, 눈꽃, 얼음꽃, 설경으로
만상 흐드러지게 핀다

그 꽃은 신비로워서
가슴, 가슴 탄성을 모으고
하늘 구름을 타고 와서
세상의 온갖 허물을 뒤덮으며
수천수만 개체의 소원을 피워
시린 감성의 몫으로
은빛 꽃의 사색을 견주게 한다

그 꽃은 하얀 염원

수정 빛 꽃잎으로

시림 속에 새하얀 피날레,

인고의 그 시린 언덕에

품속에 오염을 삭이며 내려와

세상 발자국 빗는 하얀 꽃

결국 햇빛에 졸졸거리는 눈물이 된다

물새야 겨울 물새야

물새야 겨울 물새야
시린 물결 노 젓는 물새야
아침 이슬 채 마르기도 전에
평화스런 자유의 멋으로
이른 아침 길 나선 네게
세상 아름다운 벗이 되었구나

겨울이 좋아
겨울을 사랑하는 물새야
외로운 작은 호숫가
새 가족 이끌고 와서
맑은 물 자맥질 마다하지 않고
시린 날의 청순으로 정담을 가꾸누나

물에 있어도
결코 물에 젖지 않는 물새야
그 방수복 포근히 감싼 비결 속에
시린 날 의연히 견주니
내게도 너 같은 마음의 옷
시린 세상에 기워 입었다

물새야 겨울 물새야
너를 보고 나를 보노라니
이 아침도 신비감과 행복감
남루한 삶 속에 멋으로 깊어져
저만치 기약의 여울 두고
내 안에 크나큰 선물이 계수됨이라

그것은 오랜 날
꿈이었고 갈망이었으며
어느 날 일깨워진 값진 몫이었다
온몸에 배인 세상의 시린 감
바람 속에 기척으로 일구었으니
이 아침 너 겨울 물새로 새롭다

그리울 땐 그리워하자

그리움 그것은
내 마음의 출렁거리는 바다
산들바람에도 넘실거리고
거센 폭풍우에서는 하얗게 부서지는
은빛 고운 추억의 나래,
내 마음 닿는 곳곳에 서렸으니
저 세월의 뒤안길로 남아
내 기억의 묵은 때를 걷어낸다

그리움 그것은
내 마음속에 내걸린 풍경
시절 시절의 색감을 띄우고 서려
푸른빛이 되고 진한 갈빛 되어
한들한들 사색을 돋우니
언제나 홀로 감회의 젖은 뜨락은
마음의 속삭임을 짙게 하는
알싸한 향의 꽃밭이 된다

그리움은 생각의 여울
그 속엔 너른 바다가 있어
거기 둥둥 떠가는 항해를 나서고
만남과 이별과 또 다른 약속을 견주며
고적함 속에 등경을 비추는 것
그 색색이 짙어지면
거기에 눈물이 서리고 기쁨이 서리니
그것은 모진 그리움이 된다

아— 이 세상
그 어디라고 참된 쉼인가?
세월은 그 흐름으로 이유가 되고
인생은 그 등선에 꽃이 되어
그 가운데 흐르는 갈망을 품었으니
살아감이란 고상한 것
사람은 그 속에 깊은 속삭임으로
이 세상 그리울 땐 그리워하자

청렴한 선비

청산 맑은 물가 미루나무에
사뿐사뿐 은빛 날갯짓으로
한가로이 내려앉은 하얀 백로
청렴한 선비의 기풍을 지녔다

긴 다리 긴 부리 느린 걸음
푸른 들녘 이 고랑 저 고랑에도
품앗이를 나서서 김매기를 하듯이
논 주인들 잠시 집으로 간 사이 농부 흉내를 낸다

걸쭉한 목소리로 끼룩끼룩
구슬프고 정겨운 농부가를 부르듯이
정적이 깃들인 청산 자락을
한사코 떠나지 못하는 사연을 새긴다

세상 어디라고 맘 놓고 머무는 곳이던가?
정 들어도 낯설어도 잠시 머무는 곳일 뿐
세상의 분주한 욕망도 오래가지 못할 터이니
청렴한 선비 기풍의 백로는 그 일색이다

세상 한여름 날
무더운 여름날의 짙푸른 갈채 속
쉬엄쉬엄 걷고 나는 백로의 흔적은
잠시 나그네의 일상을 엿보게 한다

연꽃

물속에서 수줍은 듯
살며시 꽃망울 고개 내밀어
여린 물결 위에 세상이 즐거워
더 이상 참지 못한 웃음을 본다

물 위에 너른 잎마다
방울방울 이슬 맑음 곱더니만
작은 연못의 정적을 수놓는
백옥 같은 순수한 자태가 평화롭다

싱그럽고 초연하게
물 위에 두둥실 아름다운 자태
겹겹이 하나 된 빛깔로
세상의 소중한 숨결을 내쉰다

그것은 물빛 속에 노래
그 수정 빛 깊은 사연을 두른 채
청아한 시절의 귀감으로
가히 진흙 속에 영광을 선보인다

그 어느 날

그 어느 날
나는 영문 모르는 고독에
한참이나 슬퍼하고 말았지요
인적 드문 오솔길에서
그 길마저 지루함이었을 때
외로움에 몸부림은
피할 수 없는 과제였습니다

그 어느 날
무심코 걷던 길에
저만치 하늘 잿빛 너머
노을빛이 아름다워 내 발길 멈췄지요
그 빛 아래 드러난 모습
내 마음 바다 위에
긴 여울 빛으로 비쳐옵니다

그 어느 날
그대 고운 빛엔
하늘빛이 서려 있었고
그것이 물결처럼
때로는 강렬하고 때로는 잔잔하게
내 가슴에 고이 밀려와
나는 그만 젖어들고 말았습니다

그 여울은
행복한 흔적이었고
세상에 아름다움이었으며
삶을 밝히는 등불이었으니
가까이 생명의 숨결
그 어느 날의 사귐이 되어
아직 그 여울은 깊어가고 있습니다

비 내리는 해운대

비 내리는 해운대
파도치는 장단에 갈매기 날고
바람결로 이어지는 낭만의 정들
흔적으로 이어지는 발자국 따라
비둘기마저도 해안선 나들이
비에 젖은 해운대의 엘레지로
가슴에 사무치는 추억의 싹을 틔우나니
금빛 모래 위로 흐르는 정서가 곱다

한시라도 접을 수 없는
바닷가 아름다운 해안의 노래
그 누군가가 벌써 다녀간 뒤안길이니
여기 외면 할 수 없는 고운 축원에
기쁨이고 그리움이고 위로였으리니
접혀진 삶의 날들을 들추면
이날의 너울지는 추억들은
쉬어가는 삶의 정으로 여울지겠다

여기 발길 끝까지 서려오는
푸른 바다의 너른 정감
우리네 바삐만 가려는 삶의 노정을
다가선 눈길들로 거울 빛 되어
존재의 가치를 되뇌이는 감회를 견주나니
더욱 여울진 은혜의 숨결인데
즐비한 노송들로 어울린 비 내리는 해운대
아름다운 한 폭의 수채화로 서렸다

달맞이꽃

밤결 달마중에서
누리던 행복이 깊어
사랑의 달콤함이었나
이슬에 젖어 수줍은 모습
고요한 아침 기슭에
밤하늘 은하수를 닮은
땅 위에 샛노란 꽃별이 되었다

청순하게 품은 해맑음
눈떠오는 새날이
고운 선율의 아름다움 엮었나
간밤에 나눈 속삭임 아직 여운인 듯
잔잔한 꽃 웃음으로 하나 되어
분주할 삶의 어귀에서
어여쁜 인상으로 곱게 수놓는다

너의 꽃 소박함이여
세상에 묻어나는 건
근원의 무구한 숨결 노래함이다
마음에 완악함이 터를 넓혀도
일궈내는 손길이 정작 있었나니
세상에서 너의 순수함과 견줄
시절의 마음 꽃이 무수히 피겠다

고향 어귀에서

먼 길 삶을 돌아
기다림의 고향 문턱 너머
낯익은 풍경을 봅니다

고향의 자취는
구진번 등성에 풍경으로
소나무 몇그루 여전히 새겼습니다

그것은 아직도 그리움
어느 떠나간 기약을 바라는 정으로
그렇게 숱한 세월 기웠습니다

고향의 바다도
옛 바닷가 소박함 고스란히 품은 채
그 흐름의 고고함을 이어냅니다

산 내음, 풀 내음
그 기슭마다 어머니 품 같고
그 속엔 아련한 추억이 아직도 소년입니다

그렇게 정들었던 기억
그렇게 슬픔이 깃들었던 기억
이젠 저만치 지금의 나를 엿듭니다

다시금 그려보는

옛 고향의 이야기 그 우수수함들로

나는 먼 길 돌아온 고향의 뜬 별이 됩니다

 어릴 적 고향의 뛰놀던 자리에서

땔감나무

한해살이 끝에서
싹둑싹둑 가지가 잘리어
새순 돋아 기약은 없어도
재가 되어 빚어질 화력의 저력이다

푸르던 시절이 가고
낙엽 지는 여운마저 잦아들면
한겨울 생각하며
산기슭에 자란 땔감나무를 찾았었다

거기엔 주름져간
그리운 어머니 같은 손끝 마디를 두고
세월 속에 애틋한 과제물이
그윽한 향취로 자리매김하였다

아늑한 풍경을 수놓으며
아침저녁으로 모락모락 연기 피어오름은
바로 어머니의 수고를 태우는
따스한 고향의 정겨움이었다

구수하게 나뭇잎 타는 냄새
지금도 골 깊은 시골 산중 마을엔
추억의 꽃처럼 피어나나니
그것은 아주 가까이에 먼 흔적이다

사람들은 잊고 산다
저마다 현존의 문명을 품고 살며
그 문명의 수레를 타고
한참을 떠나온 뒤안길이 되었다

사람들은 잊고 산다지만
그 잎 무성한 땔감나무
그 옛 시절의 생생한 이야기 품고
지금도 어느 메 그 추억의 향기를 태운다

도시의 일상

도시의 혈맥이 흐르고 있다
복잡한 삶의 구조를 안고
적혈구와 백혈구가 쌍벽을 이루듯이
그 속살로 이어지는 자유와
질서의 엄숙한 선언을 따르며
생의 여력을 꽃피워내고 있다

밀려오는 분주한 소용돌이는
빌딩 숲 심장을 휘감고
오가는 차량들로 대를 잇고
화려한 불빛 조명 아래서
값을 부르고 상한선을 구하는 이들로
바쁜 시간의 엮음을 이어가게 한다

도시의 일상은 장엄하다
웅성거리는 거대한 거함처럼
애잔한 삶의 사다리를 내리고 있다
그 사다리를 타고
먼 순례자의 이야기들이 속삭이며
추억의 염원을 희어지게 한다

잿빛 여운

하늘 높이 산화하는
황량한 들녘에 마지막 여운이여,
토실한 씨방의 품을 태우며
떠난 아쉬움을 감추려는가?
그 마지막 남은 자태 하나까지
훨훨, 훨훨 잿빛 연기로 피어오른다

무수한 흔적들
재가 되어 남은 자리
검은빛이 서린 땅 심은 기름지고
마지막 추억의 몽우리에
잎 새 돋을 희망으로
초연히 숨죽여 기다림으로 머문다

여기저기 잿빛 연기
남겨진 이유를 일깨우며 떠나고
그 떠나간 그 자리에
시절을 맞는 또 다른 씨앗 낟알들이
오랜 망루를 접는 물음으로
숭고한 새것의 시작을 위해 나선다

간이역에서

나보다 더한
그 외로움이 여기 있다
나보다 더한
그 기다림이 여기 있다
하루 서너 번
그것도 몇 사람만이
오르내리는 작은 간이역

깊은 침묵이
나보다 더한 아픔인 듯
허름해진 매무새의 흔적으로
나보다 더한 세월을 담고 있다
그것은 굴곡진 날들이다
허전함이 짙다
떠나간 이별이 가득하다

언제 한번
특급 열차가 설 수 없는
그 머무르던 기억조차도 없어
느릿느릿한 완행열차만이
소박한 추억을 들추며
들풀 같은 소박한 인심을 싣고 내린다

여기 나보다 더한

석별의 정이 너울지고 있다

작은 품 안으로

아련함을 가득 채운 채

그렇게 모나지 않은 기다림으로

깊은 여운의 장이 된다

행복

살아 있어 행복하여라
답답한 가슴을 내어놓고
꽃향기 그윽한 어귀에서 머뭇거리면
가냘프게 한들거린 여린 잎들에서
아낌없이 내뱉는 저들의 힘겨운 호흡에서
나는 편안히 숨 쉬며 쉴 수 있었다

원색의 꽃잎들이 날 부르고
우는 새들이 내 감각을 일깨우며
너는 살아 있으니 행복하다, 행복하다
살아 숨 쉬는 자를 깨운다
그래 볼 수 있어서,
말할 수 있어서
벙어리 냉가슴은 앓진 않았잖은가!

연극 같은 세월 속에 오만 풍상 많지만
그것은 척박한 땅에서 몸부림할 때
나를 영글게 하는 밑거름이었으니
이제 다가오는 날들에
자만과 불평을 내버리고
겸손의 자리 깔아두고 그 위에 앉아
자아와 도란도란 속삭여 보자

진정한 평강과 행복을 주제로
그것은 살아 있음의 큰 의미일 거니까

인생 나들목에서

당신은 왜 산을 오르느냐고
누군가 나에게 물어 온다면
딱히 대답할 수 없어서
한번 산을 올라보면 알 거라고
그 물음에 대답을 대신하겠다
그러나 그 한 번으로도
그 대답을 갖지 못한다면
몇 번이고 더 올라야만 알 거라고
또다시 그 대답을 대신하겠다
세상을 살아간다는 것이
어찌 한 번의 대답으로 확인할 수 있겠는가
그저, 주어진 세상,
그저, 순수하게 살아가노라면,
그 무구한 세월의 흔적에서
그 대답보다 더한 가치를 얻어 이르리라
삶이란,
그 어디라도 그 애잔함이 흐른다
대답할 것이 많은 것 같아도
딱히 대답할 것이 쉽지 않은 것,
오늘 하루도 이렇게 살아간다는 것은
온갖 물음의 무수함 속에서
그저, 누리며 머무는 날로
물음을 대신하는 흔적이리라
인생은 그렇게 살아서
가다가다 그 마지막에 이르기까지
세상 나들목에 인생이리라

제비꽃이여

봄날의 날갯짓 그리워
영롱한 빛깔 앞세워
떠나간 그 자리 그리워한다
언젠가 남겨둔 멋들어진 그 한마디
기꺼이 잊지 않고
여쭈듯 내민 눈망울의 노래여,
어찌 거친 땅이라고
그 설렘의 여력 주저하랴
숭고한 기다림의 언약
변방의 아름다움
실가지 꿰맨 낙서처럼
봄빛 이랑에 돋았어라
그 향긋함 헤아려
벌, 나비,
돌아오리라
숨은 그 꿈의 곁으로
애절한 그 이름
덧붙여 주리라

칠산 바다

일곱 개의 섬이 옹기종기 모여서
칠산 바다라고
그리하여 해무의 고향
뉘엿뉘엿 그리운 노을이 저쪽이란다

하루 한 번 수수 천년, 무구 천년 남겨진 그 방향으로
아직도 세상 이야기 줄을 세우며
아득한 헤아림의 가시거리
붉은 노을이 그쪽이란다

그리하여 뭍으로 오는 기억 하나에
바람결이 실려 오고
구릿빛 갈망이 실려 있어
절절하게 번지는 그쪽이란다

서해의 칠산 바다
노을이 하룻길로 저물 때까지
밝은 등경의 빛
여묾의 담금질 그쪽이란다

전남 영광군 해안도로에서 바라보이는 서해바다 저편

진도의 바다여

바다여 어쩌란 말인가
진도의 바다여,
짜디짠 눈물
그 무엇을 말하는가

바다여 어쩌란 말인가
거친 바다여,
그토록 고귀한 생명
모질게 품었는가

바다여 어쩌란 말인가
급류의 바다여,
할 말이 많아 그 할 말
그렇게 불러갔나

바다여 어쩌란 말인가
흐르고 흐르는 눈물
그 언제쯤 마를까
그 언제쯤 거둘까

바다여 어쩌란 말인가
이별이란 것이
아픔이란 것이
바다로 뭍으로 너무 깊다

바다여 어쩌란 말인가
진도의 바다여,
못다 핀 꽃송이들
세상의 눈물 다 젖는다

죽순

새겨 보았는가?
대밭을 치솟는 우후죽순
그 성찬 광경을 보았는가?
하룻밤 사이에 키를 한자나 키우고
일 년 사이 왕대로 자란 이야기

그 죽순 속에는 이미
그 평생의 마디가 다 들어 있으니
언제나 초여름 길목에서
조용히 땅심을 치솟은 사연
아마도 세상에서 가장 빠른 성장이리라

속은 언제나 텅 비었지만
그 풋풋한 열망으로
성장의 일념은 어느 것 못지않은 것
드러난 마디를 살찌우며
하늘을 치솟는 소원으로 세상을 휘젓는다

굴곡 속에 곧은 자태
그 짙푸름 가득한 생명력은
세상, 대숲 바람 이는 기염으로 선다
그 속에는 맑은 소리가 있고
시원스런 결의 성 참이 어려 있다

대숲 바람 소리 들어 보았는가?
잎 새 뒤흔들림을 보았는가?
키 큰 자태를 흐느적거리며
사철 가냘프게 바스락거리는
그 청청한 소리를 들어 보았는가?

오늘도 저 이름 없는 기슭에
대숲의 이야기는 올곧게
높이 뻗어 오른 저력으로
그 뿌리 내린 자리를 지키며
대숲 바람의 길을 여는 고백이 된다

밤송이 애벌레

그 밤송이 떨어져
나뒹굴어 처박힘
그 밤은 천둥소리였다
적어도 애벌레 느낌엔 그랬을 거다

깨어나 꿈틀거리며
그 속에서 숨 쉰다
파란 하늘도 잊은 채
그 밤 맛에 산다

제 껍질의 것인 양
그 밤 맛의 깊숙한 곳에서
취하고 또 취하며 생생하게
맛의 결과물을 남긴다

그 밤이 썩어간다
밤은 이미 제맛을 잃어가고
개미집 같은 부산물로 쌓이며
산화하고 있다

애벌레, 연신 꿈틀댄다
정말 느림보 애벌레
밤인지 낮인지 분간도 못한 채
그저 제맛에 취하고 있다

그 속이 얼마나 깊은지
암울함이 얼마큼인지도 모르고
뒤집어진 밤송이 알밤 속에서
혹여, 껍데기 그 짐이다

가을 억새

천 번 만 번 흔들거려도
그 몸짓은 하나
그리운 이름
그렇게 사는 거야

숨어 우는 바람 소리 잎새 짙어도
그 울림은 하나
서걱서걱 구슬퍼서
여로에 번지는 거야

또 한 번 철듦의 기회
고독은 값의 하나
그 물음의 손짓
그렇게 기억 살피는 거야

코스모스

천천만만의 설득
그 무슨 소용 있을까
저 꽃이면 족하다

왁자지껄 소리소리
그 무슨 소용 있을까
저 꽃빛이면 족하다

뒤척임 간곡하고
드러냄 순하니
그 흔적이면 족하다

벌써 붉어진
깊은 사연
기꺼운 애증이다

한사코 아름다운 덕담
흐릿하지 않는 가시거리
가까이 행복이다

흐드러졌어도
흔하디흔해도
꽉 여문 꽃잎이다

수런수런 깊어가는 가을
그 돋보이는 이름
그 눈빛이면 족하다

오동도에서

후끈한 여름날
오동도는 짙푸른 모자를 쓰고
시원한 바닷물에 발 담그고 앉아
철석거리는 세월을 엿듣고 있다

실거워진 동백림,
오롯이 낭만을 후비는 시누대림,
늘어진 느릅나무 시간림,
이미 숱한 발길림의 상념도 울창하다

산책길 따라
공간의 흐름도 싱그럽고
바람결의 여운도 신선하고
쉬어가는 갈망의 기억도 깊어진다

숨겨진 비경을 들추며
바다를 읽혀주는 테라스 길 끝자락마다
뭍의 정, 바다의 정이
오동도의 오랜 로망처럼 삭혀낸다

꿈같은 방파제 길 너머
고독한 사연을 꽃피워 내는 오동도
청렴하게 세월을 걸치고 앉아서
온몸으로 순전한 세상의 노래 부른다

그윽한 향취의 노래
고즈넉함 속 추억의 노래
그 깊음 너머엔 다시금
하얀 눈살에 그리움이 피멍으로 서리겠다

나는 아직 가을에 서툴다

어느새 수런수런 가을이 짙건만
나는 아직 가을에 서툰 마음
홀로 내민다
그 언제쯤일까 저 무르익은 날의 애증
그 깊음 맞댄 가슴앓이일까
이곳저곳 오색 단풍,
절경이라 하고
졸졸거리는 냇물 소리,
맑음이라 한데
나는 아직 서툰 가을에 시선으로 선다
이렇다 할 그리움까지도
더 고진함에 몸부림쳐
언제쯤 솔직함 다 하련가
청아한 갈색 기척의 정감 소리
알싸함 죄다 버무려
나의 기억 채운다
더욱 보란 듯, 또는 추억하란 듯
지나온 거리 짙도록
서툰 나를 가을이란다
우수에 젖던 서러운 날을 안다
모름지기 갈채였던 삶,
눈물의 이별도 안다
도드라져야 했던 시절,
가을이 운다
나는 아직도 가을에 서툴다
더 철들어 순애보 같은 지난함에 젖어
이 가을이라고 싶다

제8부

바다의 시를 이어주다

어둠의 강가에서

서산으로 지는 해를 두고
한날의 속삭임을 모두 잠재우려
검은 바다 밀물되어
성큼성큼 다가오는 너를 본다

하늘에 하나둘 불 밝히고
하루에 온갖 피로 모두 풀어주려
수면에 약이 되어
고요함으로 찾아오는 너를 본다

검디검은 자태 속에 물 가득 안고
목마른 대지를 촉촉이 적셔주려
싱그러운 이슬 뿌리며
깊어만 가는 너를 본다

어둠의 강 저 끝에 마지막 불 밝히고
새아침 새날을 보여주려
속절없이 흐르며
새벽으로 가는 너를 본다

낙엽 밟는 소리

가을 기법을 실어두고 외듯
낙엽 쌓인 길에서
가만히 엿듣는 낙엽 밟는 소리
한층 더 깊은 가을이다
깨어나 무한히 덧씌워내는 것들
들추어주고자 하였을 가버린 날들의 추억들
낙엽은 이끌리듯 새겨두고
저만치 내다볼 곳에로의 그리운 소리이듯
발길 따라 부서진다
그토록 바람 여울 속으로
깊어가는 이삭줍기의 낭만들
더욱 새로워질 보랏빛으로
가을 길에 느낌이다
그토록 떠나가도 아름다운
거류의 여울 들추어
반향의 터를 새겨준다

그리움

언제나 말없이 다가선 세월
저 먼 날들의 희로애락을 가득 싣고
다양한 몸짓으로 나를 대하더니
그리운 이들의 추억만 새겨놓고
덧없이 흘러 흘러만 간다

속절없이 떠나버린 그리운 사람들
변해가는 모습들만 한없이 남겨둔 채
오래 머물지 못할 바쁜 손님처럼
뒤 한번 돌아보지 않고 멀어져 갔으니
지울 수 없는 그리움의 흔적은 말이 없다

함께 있던 날들에
사랑했던 마음도
미워했던 마음도
서운했던 기억도
그것이 도리어
지금엔 그리워함이 될 줄이야

흐르는 세월에
접고 접히는 날들 위에 새겨진
그 많은 사연들이 허공에 메아리치니
잊으려 해도 잊을 수 없고
지우려 해도 지울 수 없어
애끓는 가슴만 멍이 든다

모두가 아픈 상처를 가진 사람들
모두가 눈물의 강을 소유한 사람들
모두가 사랑의 기술을 익힌 사람들
세월은 말없이 왔다가 짐만 내려놓고 가지만
지난날의 고독은 나를 영글게 하고
그리움은 내게 다시 아름다운 꽃으로 피어난다

위버라는 새

위버라는 새
언제부터였을까
그렇게 작은 몸짓으로
나미비아 사막 한가운데
나무를 기둥 삼아
세상에서 가장 큰 둥지를
초가집 이엉으로 단장하듯
나뭇가지에 얹어 지었다

위버라는 새
참새처럼 생겼는데
그렇게 여린 몸짓으로
무리 지어 베를 짜듯
정교하게 집을 짓는 기술로
사막의 더위와 추위를 피하며
옛날 지친 여행자로
시원한 그늘을 만들었다

위버라는 새
천적을 피하는 보금자리로
나무 위에 높이 둥지를 틀어
연출한 사막의 진풍경
그 거대한 새들의 아파트엔
다른 여러 부류의 새들도
함께 더부살이하며
힘겨운 사막의 삶을 이어간다

위버라는 새는
한평생 열심히 집을 지어
둥지가 무너지면 보수하고
천적을 향하여 합심 단결하며
그 움집을 생명의 터전으로
애증을 가꾸고 키우는 증언이 되어
척박한 환경에 적응하였으니
그 일련의 모습이 가슴 뭉클하다

길

길은 계속 이어져도
목적은 어디로 가는 그 방향
삶의 절절함을 실어내며 길은 그렇게
깊은 상념의 강으로
온갖 흐름 엿보인다

길 위에 있다는 것은
지난한 목적을 그을리고 있는 것
끝내 그것이 추억으로 남아도
그 동력의 끝으로 저만치 내일은
언제고 오늘의 가치다

길, 길은
그 까닭의 길은
세상을 힘주는 여력이거니
길 위에서 그 길로
다시금 길을 엿본다

바다의 시를 이어주다

어찌할까 저 바다의 시를
저렇게 부서지는 그 시를 어떻게 담을까
어쩌면 지중해의 물빛을 동경하고
어쩌면 흑해의 낭만을 묻고
어떤 사랑은 탓하지 않았으리라
그토록 새로운 그리움 하나,
바다는 열망하듯 읊어
귀띔의 정직함이 아닌가?
그렇게 시를 이어가는 중에
도드라지는 섬 하나,
어떤 구릿빛이라고 할까
어쩌면 닻이 되어
팽팽하게 끌리고 끌려도
그 이유 중에 한 줄
여운의 뜻은 하나
그리운 까닭을 지피는
바다의 눈물이다

늦가을 억새밭에서

어느 순간 그리운 추억이라고
서걱서걱 그을리는 늦가을 억새밭에서
깊어가는 바람의 노래
가슴앓이 새겨둔다
그것은 깊이 있는 형언들
지난봄부터 지금을 두고
이토록 늦가을 녘에 이르기까지
가히 절절함의 뜻은
그렇듯 쇠하지 않는다
이젠 겨울이 족히 와도
이미 새겨진 그곳은
세상 정념의 몫으로
사방천지간의 간격,
시간의 개념으로
그리운 장막이 되어
그 터는 그렇게 구슬프게
애증의 노랫말,
지어 부를 것이다

와사비

녹색으로 풀어내는 그 깊이의 맛
어떤 이력서에 경각심이 되어 차림 상에 놓이나
덥석 찍어 먹듯 세상에서
콧속을 후비며 눈물까지 흐르는 이유
아마도 경험은 그렇듯 쓰리고
몸살이 나는 아픈 여운,
와사비의 비밀은 어떤 몫이나
그 속으로 잠재워야 할 것은
싫어할 비린내 잡아주는
풍미의 준엄한 양념이란 것,
세상 그리운 희석은 어디쯤인가?
저마다 놓인 상차림처럼
와사비의 각색은 짙다
생각으로 살핀 나머지
저기요, 여기, 와사비 좀 더 주세요
그 진검의 몫으로
푸른 녹색의 그을린 맛,
훤히 밝히는 맛이다

밥 냄새

밥은 언제나 새 밥이다
한 번도 새 밥이 아닌 적이 없다
어떤 압력밥솥에서건 잘 지어진 밥으로
윤기가 자르르 흐르고
한입 입에 넣어도 그 맛,
늘 새로운 맛이다

밥은 언제나 소중하다
그 밥을 무시해서는 특히 요즘 같은 시절에
밥을 등한시하다가는
집 나간 격 마냥,
그 맛이 돌아오기까지
그리운 집밥이다

언제 아침 밥맛을 잃었던가?
햅쌀이 곱게 누그러진 누룽지 맛까지
세상의 맛을 지키는 밥맛,
그윽하고 훈훈한 밥 냄새로 지켜낼 것은
세상 제아무리 허둥지둥이라도
밥 한술의 가치다

그 밥은 뜸 드리는 기별로
푹푹 풍기는 향취,
우리네 주식으로 어김없이 드러나는 새 밥,
그것은 고향을 풍기는
올곧은 풍미,
든든함의 위안이다

김치

저런 비밀이 세상에 존재한다
그렇게 숙성의 원칙은 파란 원칙을 파고들어
끝내 황산화성분이 풍부한 맛으로
가슴 후비는 이끌림,
세상 그 원칙을 갖춘다

나를 숙성시킨다는 것은 어떤 이미지로 남는가?
가식 없는 그 기준의 순수한 뜻,
어떤 나무람이 아닌 훈훈한 격려의 일환,
진지한 염원의 가치
그 진력의 정이다

김치의 아삭아삭한 맛을 풍미하듯
어떤 그리움의 터를 삭힐 때,
식탁에 올려진 반찬이듯
그 맛의 세상은
지긋한 입맛의 돋움이다

명사십리

띠를 두른 듯 파도가 밀려와서
애달프게 하는 말이듯 쏟아져 내리는 파열음
어느새 그렇게 십 리 길 억만 세월의 기별로 두둑한 것
걸어서 십 리 길이라지만
가만히 눈으로 바라보는 십 리 길
푹푹 빠지는 발걸음으로
나그네는 접어들었으니
오롯이 겨울 시름으로 밀쳐낸 어귀
인적 드물어 낙서이듯
오랜 성터로 자리 잡은 듯이
십 리 길 아우성 앞이다
울창한 솔숲쟁이 기개로
더욱 빛나는 명사십리,
여기서 이끌어낼 사색의 이윤,
세상 바다를 거슬러
애증의 땅 그을려도
두둑한 분기점의 역설로
바닷소리 덮어낸다

꿈의 묵시록

누군가 그렸다
화병을 그린 다음 꽃을 그려두고
그 옆에 다른 정물을 그렸다
누군가는 묻고 가야 한다
그것은 흔적의 노래,
꿈의 노래다
상념의 부엽토는
그렇게 상상 속으로
그리운 향유,
꿈의 묵시록이다

고깃배

바다로 가는 여정을 갖춘 배들
항구의 낭만을 풀어낸다
하지만 그것으로 끝나지 않을
그 애끓는 삶,
그 바다를 실어내는 배,
구릿빛 얼굴에
고즈넉한 정담이
오랜 세월로 그을림이다
어선마다 그렇다
제 몫의 실린 어구처럼
곧게 실어내는
우직한 생애 무게
바다로 엿본다

그대, 가을은 어떤가

사는 날은 사색의 기회다

주고받을 이유가 상념의 가치로 가득하다

계절의 어귀에 홀로 서서 외듯

풀잎 쇠하여 가는 날은

그대, 가을로 쓸쓸한 몫이다

그토록 어떤 물음이 올곧게 깊어지나?

나아가 마주할 그곳이

그 어디쯤이던가?

여지의 순간은 영광이다

기다림의 순간도 행복이다

어쩌면 일생,

그 길을 위함이라고

그대, 가을은 어떤가?

더욱 성숙함이잖다

풀꽃 노래

가만히 외워 두어야겠다
소절마다 깊어지는 풀꽃 노래,
그 숨 가쁜 사랑,
어느 민낯의 설렘이랄까?
지그시 살펴야겠다
순수한 언약이듯
정녕 가슴은 뜨겁고
마음은 가볍다
더욱 정이 들도록
내가 먼저 가까이
소원 여며야겠다

섬으로 달빛을 묻다

무구 천년의 세월 동안
바다의 품으로 빛나는 달빛
섬 살이 가슴에 그와 같으리라
가닿을 수 없는 곳
언제고 바람만이
부서지는 파도만이
그리운 역설이 되어
섬의 애달픔이
달빛으로 풀어낸다
어쩌면 까마득하다는 그 말,
언제고 가까이 문지방이다
나는 그런 섬을
깊은 밤 지새우는
달빛으로 묻는다

가문비나무

울창한 상념이
담담한 머뭇거림으로 세상을 향하여
어떤 사색의 길로 묵직하다
곧고 바르게 세월 마디 읽을까?
청산의 메아리 끝내 얼어붙지 않게 새겨
짙푸른 서술이다
고독한 등잔의 훈훈함으로
그리운 밀월까지
사뭇 지극한 향유다
짐짓 짐이 아닐 때까지
내비침의 시선,
망루로 풋풋하다

갈색 울타리

숨은 기억 하나쯤
그 너머로 풀어둘 그쯤의 사연일까?
어느새 새겨 이른 마른 풀잎의 일컫는 노랫말이다
파란 등잔의 깊이로 외던 어휘,
이젠 부요함 태우듯
다시금 저 너머 기슭의 바람으로
떠오르는 달빛 그리듯
아직도 못다 한 서정의 그을림,
소중한 화두의 몫이다
그 무엇을 바라고 소원하는 까닭인가?
이렇듯 살아온 날들,
어떤 갈색으로 물들어
저토록 울타리 넘어 바라듯
기다림의 가치여라
아직 그리운 기다림,
그대라고 하리니
서러운 눈시울 넘어
아직 애틋하고 행복하다

가을 나무 (4)

쓸쓸히 저미는 시절의 간격을
나무는 추억 실어 버틴다
나이테로 서린 시간은 허물어지지 않는다
온갖 바람의 길을 재촉하였듯
어느 그리움에로 오롯이 긷는 까닭이라는 것
풍경으로 새겨지는 울창한 나무의 그림자
그 아래 머뭇거려도 좋다
아직 나무의 꿈은 바람 여울에 뒤척인다
더욱 진지함의 가치는
분분한 세상의 향유로 풀어지거니
어떤 소신을 말하고 싶을 때
생애 아련한 그을림 속에서
문득 행복이라고
가시고기 군살처럼
헤아림의 연민 삭히리라

혼잣말

우선은 어떤 말로도

어떤 오해의 소지 없이 헤아림의 중심을 다지는 혼잣말,

나에게 상황을 풀어내는 까닭의 언어,

자칫 좋다는 말도 힘들다는 말도

답답함을 풀어내야 할 까칠한 상황 속에

곰곰이 새겨보는 그 상대성이라는 이해심을 두고

안으로 삭이는 감성의 혼잣말,

하등의 의견 차이를 불러일으키지 않을,

그 여지를 다져내는 것

에둘러 표현하여도 마땅하지가 않을 때,

여실한 혼잣말로

긍정의 가치를 다지는 배려,

오롯이 사랑의 중심으로

심연의 성숙한 밝기로

상념의 혼잣말이다

가을빛이여

찬바람 깊어지면
가을빛 그만 다 외고 떠나가겠지
그렇게 고운 시절의 덕목
홀연히 거두어 죄다 감추고 가겠지

그토록 빛 발하는 자리에
얼마큼 나그네 울먹거릴까?
아니면 냉랭한 가슴으로
무심하게 여울지는 부산함일까?

아직은 빛이 남아있구나
몸부림치며 세상을 어거하는구나
찬 시름에 결을 속삭이며
흔적에 흔적으로 숭고하구나

그 빛감이 찬연하여
어찌 작은 소견으로 판단할까?
그저 가슴에 파고드는 깊은 전율로
조용한 빛결의 위용을 삭인다

찬 시름이 깊어지면
흔적도 없이 죄다 떠나가겠지
그 뒤안길은 다시금
깊은 쓸쓸함이 내를 이루어 흐르겠지

그렇게 일러주고 가는 증언
세상엔 얼마큼 절절하게 남을까?
쇠줄 같은 망각의 끈이 묶여질까?
아니면 깊은 회한일까?

기다림을 남겨주고 가겠지
그 고운 빛 거두며 일러주고 가겠지
고운 시절의 깊은 덕목
어느 가슴에 비밀로 남겨주고 가겠지

아!
부요하게 드리운 가을빛이여!
다시금 떠나갈 가을빛이여!
내 가슴에 그 빛의 노래 짙고 짙음이라

바위섬

그 한 움큼의 흔적이
그토록 모질게 외로워서
할 말은 다 감추었다지만
멀리서 듣는 귓가엔
무수한 할 말이 깊어진다

그 어떤 배회를
그리도 우직하게 다듬어내련 듯
지척의 거친 바다라며
하얗게 부서지는 파도를 두고
만향의 꽃이란다

그 어느 가슴에
그리도 처량하였을 어귀
어느 날 멀어져 갔어도
눈앞에 어리는 가시거리 구릿빛 섬
어제인 듯 기척이다

그만의 추억
옛 회한의 고갯길은 여전하여도
그 끝자락 다가선 발길
하염없었을 생채기 난 기억들에
뭍의 섬 되어 어루만진다

그 어떤 언약인 듯
아직도 꿋꿋하게 버티고 있는 섬
거친 숨 고르는 기다림
아릿한 사색의 눈망울 깊도록
바위섬은 올곧다

부산 해파랑 시작 길에서 오륙도를 바라보며, 그곳은 옛적 육신의
병든 자들이 모여 살던 변방 소외된 곳이었다.

가을의 노래

숨은 기억처럼
숨은 그곳에
낮음의 숨결
오롯한 빛과 향기
그윽하고 부요하다

수줍다 하면
그 무엇에 대한
그 순수의 고백인가
차라리 허름함
눈물의 자유라

그래도 염원
알곡의 귀함
초로의 정으로 새겨
가고 오는 세월
그 깊은 울림이라

은행나무 (1)

은행나무는
그야말로 황금빛 부자
아마도 그 구릿한 냄새만 없었다면
천하일색 화려함
그 누가 부러워하지 않았으랴
그랬다면 지금쯤
세상에서 제일 값진 나무라고
그 칭송이 자자했을 터이나
그놈의 냄새
그 모진 아픔의 것
그것만 아니었다면
그 안색이 그렇게 얼룩지진 않았으리라
그래도 순서는 정했다
그놈의 냄새 다 삭혀진 뒤에
우수수 떨어지는 낙엽
그러나 세상 부자의 손사래
그것은 아니더라도
황금빛 도성의 금고 같은
그 비밀한 갈채를 남긴다
아마 어느 이름 없는 부자가
그 앞을 못내 서성이겠다

늦가을

구름도 쉬어 갈까
바람도 멈칫거릴까
오색영롱한 실랑이
산하에 그 애끓는 고운 정
헹가래 치고 갈까?

상념 어린 색감
일렁이는 설렘을 부르고
시선의 흔적마다
깊은 사색을 불러일으키는
정열의 여력이라

어디를 둘러봐도
그 소원의 갈망은 한뜻
켜켜이 쌓인 어울림의 자리
긴긴 기다림을 엮어
그렇게 증언의 자리 지켜낸다

때를 어거하고
시절을 속삭여 내는 진객
깊은 청원의 담론을 한 결로 새겨
시름과 환희를 펼쳤으니
그 일깨움의 노래는 감격이라

진솔한 오색 빛
깊은 계곡 벼랑 끝에서도
그 잊혀진 기억을 일깨웠으니
다시금 거기 앙상함이라도
세상의 소중함을 품은 숨결이라

늦가을,
회한의 문 열고
사이길 같은 좁은 오솔길 따라
질펀한 시량의 노래
만감 어린 추억으로 그 결을 넘긴다

겨울 시 (10)

물결,
얼었다가 녹았다가
또 물결로 친다

낙엽들,
바스락거리며 놀다가
소스라치게 놀란다

바람결,
휘파람을 불다가
소리 높여 외친다

사람들,
춥다고 하다가
손발이 시렵다고 한다

처마 끝 고드름,
콧물이 흘렀다가 말랐다가
그렇게 훌쩍 훌쩍거린다

겨울 이야기는
하루 온종일 그렇게
옹기종기 왁자지껄하다

그리움 (2)

가슴앓이 묻어둔 씨앗
삭풍에 버무려
언젠가는 꽃으로 필 거야
흔적의 향긋함 몰고 와
훈풍에 버무린
행복 깊어질 거야
올곧게 하늘 우러른 날들
여린 그 다짐
무지개 빛깔 부요일 거야
이미 드리워진 것들
그 여로에 바람
더 높아진 소원일 거야
봄빛 고고한 가치로
일생의 결실 굵어진
기쁨이 될 거야

제9부

익어가는 소리

억새꽃 이슬 젖은 아침

가을이 깊어가는 곳으로
억새꽃 피어있는 촉촉한 아침은
사랑이 부르짖는 그 이름
나의 그리움 함께 피어난 풍경이네

가버린 뒤안길 그곳의 여운으로
다시금 풀어내는 까닭,
고독한 연민의 정으로
나는 그곳 나서네

사랑이 구슬프게 외쳐도 뜻은 관심이라고
억새꽃 피어있는 아침으로
이슬 젖은 기별
아득하게 어리네

아픔을 안고 갈망을 안고
도드라지는 상념의 흔적들
나는 그곳으로 옛 서정의 달빛
에둘러 나서네

사랑이 외는 그곳으로
별빛 메아리 젖어
꽃빛 여운에 젖어
이슬 젖은 아침 나서네

개쑥부쟁이

그리운 고백이 너를 알아차렸다

더욱 묻어나는 꽃빛 화사함 속에 그을림

그것은 추억 너머를 바라봄이다

어쩌면 그렇게 거추장스러운 흔적이지 않게

삶을 배우는 과정이었을까?

조촐한 생애 행복을 위하여

무리하지 않는 그 욕심,

해맑은 울림이면 족하다

그것마저도 아니면 그 무슨 꽃이랴?

이젠 가을 들꽃이다

누가 뭐래도

정적 속에 행복한 메아리

광야에 환희려니

다시금 우러른 하늘 아래,

쓸쓸함을 위하여

꽃이 피는 그곳,

이슬 젖은 귀띔,

더욱 위안의 서술이다

익어가는 소리

가을 익어가는 소리가
저녁 어스름 뒤척이며 무수히 익어갑니다
귓가에 하도 많이 들린 나머지 이젠 그 여전함이듯
어귀어귀 오롯이 새겨둔 채로
더욱 깊고 높은 소리로 익어갑니다
어느덧 심상의 소리로 그 뜻을 발아하고
여운의 저편으로 도드라지고
끝내 가까이 머뭇거리는 물끄러미,
가만히 그 소리로
가슴 속에 익어갑니다
그토록 텃밭으로
저미는 여력의 기척이듯
스치는 바람결도
한사코 익어갑니다

사랑, 그 정직함

사랑이 할 말이 없을 때
그토록 외로움이다
사랑이 할 말이 많을 때
그토록 그리움이다
그 어딘가 불러줄 사랑이 남겨져 있을 때
사랑은 성숙한 눈물이다
고진한 사랑의 기도가
봄빛 설렘으로 갈망을 불러일으킬 때
영원한 속삭임이다
척박한 곳에 깨어나는
그토록 뜨거운 역설이
정직한 행복으로
사랑이라는 말,
올곧게 한다

하얀 펠리컨

하얗게 가꾸어진 섬에서 나고 자라
섬을 떠나지 않는 새,
에게 해 바람결 실어내는 날갯짓으로
청춘의 그림자 엮어낸다
나그네 가까이 정감으로
표상의 그리움,
구슬픈 가슴앓이 선물이다
어쩌면 바라듯
세상 저렇게 바라보는 것
고대의 땅 위에서
현실감의 마지노선,
정적 속에 망루다
하얀 정담의 새,
섬을 버티며 그 섬을 내비치는 비상,
바다를 읽히는 가까이
지극한 섬이다
진정한 회한의 새,
공유의 울림이다

———

　그리스 에게해 하얀 펠리컨 추억에 부치며

그토록 파도 소리

울산 대왕암 앞에서
섬의 지극한 소리를 배운다
하염없이 부서지는 그 소리는 세상이다
그 울림의 갯바위다
기나긴 시름 너머 외는
그리운 소리다
닳고 닳은 그 소리는
세상 갈망의 소리다
그토록 파도 소리,
그것은 나그네 소리,
결국 쌓일
그날의 소리다

섬마을

너는 섬이기에 외로움이지
검푸른 바다에 감싸여 있기에
하얗게 부서지는 파도 소리마저
진한 향수를 자아내지
해변에 수없이 널려있는
애틋한 추억의 명상 어룩들
길고 긴 세월 동안 쏟아낸 것이기에
해변의 적토색 자갈마저
부벼 읊는 사연 짙고 깊다

너는 섬이기에 그리움이지
갈매기 끼룩끼룩 울며 날면
옛날의 순이 몹이 그리워
구슬픈 눈물을 얼마큼 훔쳤을까?
저기 흘러가는 뜬구름에
굽이치며 흐르는 물결에
그리움 가득히 자란 텃밭으로
얼마나 애달픈 날들을 엮었을까?
섬은 내 가슴에 편지다

너는 섬이기에 구슬프지
비가 내리면 작은 섬의 눈물이 되고
해변의 자갈밭 하염없이 씻겨내며
무심코 찾아온 나그네의 발걸음
애틋한 평화로움에 말없이 젖게 하지
그뿐이랴!
그저 떠나가지 말고
그 속에 서린 소박한 정을
떠나가는 길에 값으로 여기라 한다

작은 섬마을 기행에서

바위섬의 메아리

거친 시름을 걸러내는 곳으로
수평선의 지극한 망루는
바위섬의 메아리다

고적하게 묻어나는 화답들은
물음 거둬들이는 파도 소리에 더욱 가까이
그리운 시선이다

작다고 하찮다 하지 말 것은
저기 그을린 이유,
억만 세월 닻이다

그토록 닳고 닳은 시간의 역설
무한의 달빛 서리듯
섬으로, 섬이다

이젠, 그렇게 애달픈 섬,
여한의 강을 건너는 한마디 울림,
기다림의 그곳이다

핑크뮬리 편지

훤히 빛나는 어휘의 숨결이듯
고진한 다짐의 끝으로 풀어내는 꽃 여울,
그토록 기다림의 가치로 시절을 외는 뒤척임의 묵시다
읽고 가는 추억이거든 남겨둘 또 하나,
바람 속에 그을리는 애틋함이거니
절대고독 속에 숭고한 결실로
아주 오랜 기별의 터를 갖추었음이다
어쩌면 사랑이 그렇게 성숙하자고 하였을
파란만장함 속에서 그 이해심으로
올곧게 그려내는 소원이듯
아직 다 끝내지 못한 그리움이다
그렇듯 부요한 행복감이라고
질펀한 삶의 변방에서 기꺼이 여쭈어
더욱 헤아리고 갈 사연,
그토록 꽃피워내듯
또 하나의 고혹한 미소,
훈훈한 향취의 깊이로
가슴속에 여민다

댑싸리

한마디 말이 그렇게 세워지고 무너진다는 것을
일찍이 그 시작의 초점은 아무것도 아닌 것처럼 여겼을 터,
하지만 풍성하게 드러난 지금, 그 빛깔은,
그야말로 하늘이 오롯이 엿보이는
그 한 기준의 공간으로 실어내는 그리움이다
과정이야, 아픔과 슬픔과 쓸쓸함이 스며들어 굳은살이어도
그토록 정직한 결실의 환희는
세상 울림의 아름다운 결실이다
어떤 방향으로 정제되어진 까닭의 갈망이던가?
스쳐 지나가는 곳, 머물다 가는 것,
그곳으로 오롯이 빛내는 흔적의 가을 풍경,
뿌리내린 그곳으로 하여간에,
세상 순수한 여운의 시간,
그토록 그을려 제 빛 발하듯
나그네 심정이야 어떻게 가다듬을까?
유유히 그려내는 사색의 전말,
세상 분분함이 암흑과도 같은 지금,
어떻게 애증의 덕을 들출까?
그토록 그리움 띄우는 댑싸리 가까이,
진실이라는 그 기준 엿보듯
외쳐 부르짖을 까닭,
사람의 풍경 부른다

하얀 소밥

가을 황금 물결이 죄다 사라진 곳으로
들녘에 바로 서기로 뭉쳐진 하얀 소밥 덩어리
어쩌면 가난한 시절 주먹밥으로 나누인 표상처럼
풍성한 발효의 깊이를 품었다
적나라하게 바람 실어내는 흔적,
생명력에 다가설 거뜬한 짚풀 공예다
알곡을 죄다 거머쥐고 갔어도
바람 속에 이삭줍기
모진 시름 끝까지 다독거려낼
자양분의 향유다
소는 비로소 광야의 양식으로
세월 지기 새김질이듯
거친 댓바람의 가치다

낙엽

움트던 기억 하나,
청청하게 성성하던 기억 하나,
곱게 물든 기억 하나,
이젠 떨어지는 기억 하나로
저만치 흐드러지게 쌓이는 몫으로
그토록 할 말이다
아득히 그리워지는 까닭이다
세상 바다의 부표처럼,
나아갈 방향의 항로,
영광의 기착지를 헤아린다
나는 지금 낙엽,
그리운 표상이라고
가슴속에 둔다

대나무

한해에 다 자란 그 키로
평생 몸통과 매듭 단단하게 여미는 대나무,
곧게 뻗어 오른 성성한 우후죽순,
그 통상적 이미지에 덧붙이는
쩍쩍 갈라지는 대쪽의 특성이라도
사철 청량감의 기개다
흔들거려도 쉬 꺾이지 않는 자태,
어쩌면 바른 중심의 시선,
그토록 에둘러 성숙한 세상살이다
아픔과 기쁨을 되짚을 때
약이 되고 독이 되듯
아울러 추억이듯 그리움이듯
풀어내는 세상의 희망,
그리하여 시린 겨울날에도
청청한 이력서 굽히지 않았거니
기슭의 푸른 달빛으로
계절의 봄빛이다

흙의 약속

아무렴 지나갔더라도
꼭 하나 잊지 말아야 할 그것은 모든 존재감,
어차피 뒤돌아선 추억이라도
끝내 피어나는 땅의 약속이었거니 그곳으로,
아무렴 구슬픔에 뒤척였어도
기꺼이 나아가는 방향의 여지였다는 것,
꽃이 피고 새가 울었다

아무렴 분분하였어도
그토록 부름의 터를 외는 흔적,
그리고 풋풋한 향취는 또 어떠하였던가?
그것은 부엽토의 상징으로
염원의 터를 빛나게 하는 것,
그렇게 시절이 읊조렸고
깊고 높은 노랫말로 다짐하였다

아무렴 아득하였어도
꼭 하나 다짐은 소소함 속에 행복인 것,
땅이 지피는 울림이었듯
거두어 다가설 누림의 영광이거니
아무렴 두리번거렸어도
저편의 시선이듯
흙의 약속 그 무렵이다

고물상의 달빛

어쩌면 쓸모없어 버려진 까닭이라고
생각했던 나에게 고물상을 넘나드는 계기가 나를 깨웠다
이것저것 닳고 부서진 것들이 제각각 그 이름들은 가졌지만 그대로
어떤 허망함을 가리키듯이 내버려진 것들,
어쩌면 치이고 밟히는 과정 속에서 금광처럼 빛났을 사연으로
허름한 집합소에 하나둘, 삶의 장광을 엿보인 것이다
처음엔 매우 당황스럽게 다가선 곳으로
고물을 내려놓은 어쩌면 편견, 그렇게 고물상은 내게 가까이
정겨운 그을림의 몫이 되었다
자욱한 삶의 경건함을 다짐하였을까?
나의 피안의 시간도 그토록 철이 들어가는 그쯤이라고
다시금 되짚은 시간들,
삶의 애환이 고스란히 쌓이는 곳으로
능숙한 헤아림이 가까이 그윽하다
이젠 고물상을 지나면서
세상의 초석 같은 재활용의 묵시록,
세상 그 어디쯤 깊은 밤이라도
떠오르는 훤한 달빛 고결하듯
유유히 흐르는 생애 노랫말
어스름 깊음으로 읊조린다

지중해의 기억

밀려오던 길
섬으로, 뭍으로 하얗게 풀어내는 길
결국엔 부르짖는 절경
지중해의 기억은 읊조린다
무한히 걸러내는 그 맑음으로
섬은 꽃이 되고
세월도 아득한 갈망이다
바다를 향하여 뒤척이듯
빛나는 등대여,
어느 그리운 눈동자
그쯤으로 가닿을까?
비로소 사랑이다
다 떠나보내고 남겨진
그 한마디 울림,
애달픈 사랑이다

―――

2018년 11월 30일
_ 지중해의 추억에 부치며

산중호수

깊은 산중 산새의 바다를 들추듯
스치는 바람결에 물결은 출렁거리는 까닭으로
그야말로 맑은 담론의 깊이다
어지간히 정적의 달빛이 내려앉았을 지극한 밀월로
훠이훠이 그늘 풀어내는 고적함,
하지만 여명의 등잔으로 이어졌으리라
그뿐만이 아니듯 서걱거리는 억새풀의 바다가 되어
은빛 추억도 밝혔으리라
나그네도 물끄러미 바다를 둔다
억척의 그리움이 떠오른다
어쩌면 가슴앓이 그을렸어도 참 다행이다
부표처럼 경각심의 경계선이다
뭍에서 섬으로 가는 길,
뭍에서 섬으로 섬을 외는 곳,
철따라 하늘빛이 서리는
산중 추억의 포구,
살피듯 바라듯 축복하듯
소원 싣고 내린다

2018년 12월 21일
_ 장성 백암 산중호수에서

새벽녘

여전히 밝아오는 새벽녘
기나긴 어둠 속에서 빚어진 훤함,
모두가 잠을 청한 그 익숙함 너머로
세상의 하루가 밝아오는 새벽녘
기도의 가치가 무르익는다
이토록 하늘, 이토록 땅, 새롭다
그 속에 지금, 나의 존재감, 나아가는 길로
염원의 바람 속삭인다
가슴속에 새겨진 추억과 내일의 소망들,
어쩌면 새벽녘에 꽃이 되어 말할까?
새벽이 새벽으로 언어다
시린 겨울, 어쩌면,
하늘 높은 사랑이 무디어질 때
아니, 어두워질 때
동백꽃 사랑이랄까?
여전히 그리운 시나브로,
소원의 입김처럼
새벽하늘이 밝아온다

겨울 벽화

오롯이 내뻗어 가던 기별 하나

어느 이름 없는 외벽을 타고 내비치던 전율,

그것은 시절의 짙푸름과 갈급한 풍경으로 그을려 빛났던

담쟁이넝쿨의 화폭이다

세월이 아득히 깊어질수록 가까워지던 상념의 시선,

늙어가는 외벽을 고향 시름이라 재우듯

그리운 씨방으로 나부꼈다

이제 구슬프게 되짚어 하얗게 눈이 내리면

또 한 번의 외로운 기억력들은

연민의 부요한 사랑 가슴앓이 반향으로 가꾸리라

그토록 방점이듯 직언의 시간들,

아직 앙상한 등줄기를 타고 흘러가도

봄이 오는 길목 그곳으로

겨울은 시린 적막감을 내세우거니

기별은 애증의 천거다

사뭇 깊어지는 심호흡의 지극한 어거들,

그토록 묵향의 붓끝이 아니던가?

바람이듯 구름이듯 저미는 곳,

익히 아는 경험의 터를 두고

시간의 간격을 살찌우듯

바람 소리 귀에 담긴다

강의 기억

시간을 적셔낼까?
시절을 적셔낼까?
흐르고 흘러도 남아 있는 기억
무릇 그리움과 기다림과 헤아림을 적셔낼까?
날에 날로 닳고 닳은 길을 재촉하듯 여전히 굽이치며
강가에 서성이는 나그네 길 세월로 거울이다
무엇을 더욱 그려낼까?
그토록 맑음 속에 덕이 되는 그것,
나지막이 읊조림 깊어지듯
지극한 방향의 목적지로
맑고 맑은 메아리다

가을 편지

편지가 왔다
봄여름이 지나고
가슴 가슴으로 읽혀
고운 낙엽 편지
바람결에 들려 왔다

한 잎 한 잎
손에 쥐어 보는 것마다
모진 비바람 이겨낸
긴긴 기다림의 애틋함이
그윽한 향취로 배어난다

이 기별에
철든 사색을 견주고
진솔함을 거두며
바스락바스락 길을 따라
갈색 낭만에 젖는다

이제 낙엽 편지로
바람결에 마지막 들려지면
더욱더 가까워질 겨울 녘,
나는 진한 그리움으로
마음속 두터운 외투를 삼겠다

구절초의 사랑

설움을 묻지 마세요
그냥 느끼기만 하세요
광야에 이름 없는 하소연이라
그냥 울먹거렸을 뿐입니다

정한 길이라기에
기다리라 하였기에 고독을 키웠습니다
오랫동안 묻어둔 사랑입니다
이슬로 기억을 채웠습니다

내 사랑을 보거든
그리 쉽게 어여쁘다 하지 마세요
내 향기를 맡거든
너무 쉽게 취하지도 마세요

쓸쓸함을 묻지 마세요
그냥 느끼기만 하세요
정한 자리 피어난 고백입니다
그냥 그 길에 일념이 되어 주세요

빈들의 일생이라고 탓하지 마세요
막막함에 어쩔 수 없어
그 끝 간데없는 시선 어리며
그렇게 이름 없는 꽃이라 자처합니다

그냥 품고 가세요
깊은 상념의 노래 듣고 가세요
정녕 나그네로 여기고 가세요
어느 애간장 다 녹이는 눈물샘이 되겠지요

이렇게 한들거리는 꽃빛 속엔
원망도, 시비도, 다 잠재우고
오직 깊은 용서에 눈물겨워 하는
여린 꽃의 흔적, 그 사랑의 노래입니다

검은 콩

어쩜 저렇게 토실할 수 있을까!
그저 왕눈이 콩이라고 싶다
아직 콩깍지 뒤섞임 속에
한마당 차지한 검은 콩 널림,
그저 농심의 즐거움이라고 싶다
지난 한여름 주름진 농부의 시름과
메마른 땅의 척박함 넘어
당찬 결실의 검은 콩,
그저 가을의 풍성함이라고 싶다
잎이 자라고 꽃을 피우며
알곡 영글은 질곡의 날 다 기워 냈음이니
그저 소리 없는 위안의 증언이라고 싶다
가을 햇살 따사로운 그윽함 아래
흑진주 같은 검은 콩,
속 깊은 맛 품었음이라서
그저 땅 위의 고운 기별이라고 싶다
가을이 깊어갈수록
그 왕눈이 검은 콩의 눈망울 같음,
새로움의 흔적이 되어 주고 있다

수양버들

연둣빛 여울 가지 축 늘어뜨려
어느새 봄빛이란다
언제부터 지켰나
그 진자리 마른자리
한들한들 여원의 향수다
한줄기 깊은 희망
스쳐 간 거친 바람결에도
쉽사리 꺾이지 않았다
단아하고 오롯한 것이
뒤척임의 가치다
허허롭던 생각에
안성맞춤이다

나뭇잎 배

갈 빛 아로새긴 나뭇잎
맑은 물길 따라
어느 천 리 길
바람도 내달린 길
돛대도 없이
그 비밀의 여정
너울너울거린다

시간을 태운
그 홀연한 여울
젖지 않는 빛깔의 깊음
그것은 무한의 뜻
그곳은 동심의 자리
오랜 추억의 자리
그래도 짐이 아니다

떠나가는 가뿐함
아직도 가닿지 않은
그곳의 서정
무릇 싣고 가련 듯
철든 그리움
강물에 띄운 이유
낯설지 않다

곶감

먼 산 아지랑이 그늘 아래서
넌지시 가꾸던 소식
그리움인 듯
소원인 듯
안고 왔다

곰삭혀진 것
그 어떤 묵례를 바랄까
입안 가득한 향으로
채워진 이유
진정 가식이 아니다

가을이 가고
겨울이 올 거라 하던
저만치 그 예스런 노랫말
이젠 어쩌지 못하고
오롯이 단맛에 기댄다

언제 떫은맛이었나
이젠 그게 아니다
햇살과 바람에 다 거덜나버린 뒤로
꿀맛 품은 반건시
흐뭇한 담소 꽃피운다

금낭화

곱게 색을 달고
꿈의 색을 단
만월(滿月) 행복 주머니
누가 들여다볼까
분명 심은 마음이겠지
유심히 터를 다져
방긋방긋한 그 희열
가슴 속에 삭인 기억이겠지
꽃빛 집어등
시절 주렁주렁함에
붉게 타오르는 열정
누가 열어 보일까
마주 서보면
마침, 쉬어가는 길
잠시 꽃빛 사색
오롯이 어루만지리라

제10부

바람이 불면

꽃은 언덕의 휘파람 소리

그 어떤 꽃이던가?
야생의 땅 피어난 꽃들
바람의 기억을 빌려 여쭈는
언덕의 휘파람 소리
그 소리 들리면 감성에 젖고
그리움과 설렘의 깊이로 사무치는
연민의 고백일 것이라

보듬어 나선 기억 하나로
거친 땅 여린 숨결
경이로운 몸으로
고진한 바람의 강
그 바다로, 그 바다로
울려 퍼질 그날을
그릴 것이라

꽃이란 어떤 이유일까?
그저 덧없이 피고 지는 것이 아니다
까마득하였던 그 지경에서
언약의 길을 트고 다짐의 다짐을 여쭈었으니
그토록 아름다운 헤아림에 대하여
향유 어린 휘파람 소리로
창가에 그리움 가꿈이라

누가 들을까?

고적함 속에 사위어가는 영롱한 꽃들의 휘파람 소리,

일컬어 언덕의 귀 기울임이랄까?

가슴으로 듣는 울림이라고

언뜻 천둥소리 같은 경이로움이라고

갸륵한 천상의 휘호,

꽃의 언덕 향유하리라

가시나무 편지

너의 이름 여쭤다가
문득 그리운 숨결 거둔다
어찌 그 자리 아픔 아니랴
바람결의 등경이 되어
피고 지는 세월
한사코 담아냈을 애련
이름 속에 엿본다

이젠 더욱 알겠다
세상 아픔이란 것이
그 어찌 막무가내이랴
깊이 있고 뜻이 있는 몫으로
바라볼 것이면
그 위안의 향수
한 그루 나무 앞에 속삭일 것이라

읽고 또 읽어서 닳을지라도
문지방처럼 아픈 이름
내 가슴에 깊이로 들추고 있나니
스쳐 간 지난날이 더욱 애달파라
항간에 속절한 이유
겨울 기슭에 사무치도록
내 마음의 그리움 실어 두노라

하얀 눈빛

울지 않아도 눈물의 기억이다
소리 없이 내려앉아서
앙상한 가지 끝에 별새가 되어서
깊은 시린 울림이라고
여명의 아침 밝은 눈동자로
세상의 응시다

수많은 흔적들이 왼다
시린 기억 하나쯤 얹어 두었건만
간밤의 소회 두둔하듯이
몸짓 차가움 걸치고
눈을 든 방향
고요함에 젖었다

하얀 기별이라고
세상 등 떠밀어주는 것을
그저 쌓이고 녹아 눈물이 되고 말겠냐고,
그 끝에 다다를 예상,
갈망의 엿봄으로
은빛 속삭인다

이렇듯 하얀 반영의 속삭임
홀로 밀회는 아닐 것
햇살이 비추고 바람이 뒤척이는 그곳에
서린 눈물로 젖어들면
봄빛 그리운 기억들
내 염원의 피날레 견주겠다

외딴집의 시집살이

젊은 청춘의 그림자가 아스라이 스며있는 외딴집
버럭 장성들이 즐비하던 시절에
그 외딴집에 꿋꿋이 들어와
온갖 수발 다 했었다는 말이 귀에 익었다
대쪽 같은 시어머니 시아버지,
그 아름드리 같은 그늘
어찌하면 쉽까지는 아니었으리라
다 떠나버린 뒤안길,
그런 세월이 묵혀지듯
이별은 온갖 시집살이 틈새를 헤집고
여물다가 콩깍지처럼 다 벌어져
이제 남은 것이라고는
고스란히 시집살이 그때의 청춘 홀로
자식들은 제 앞가림,
고향을 떠난 그 한참 후지만
가히 홀로 머문 노인네 시집살이는 끝났던가?
거기 자유를 파고드는
고독하고 쓸쓸한 일념의 시집살이
외딴집을 딱 버티는
한 여인네의 일생이다
청청한 여력의 청춘은 지나갔어도
아직도 그리운 시집살이로
외딴집 지키는 모정의 향유,
거긴 추억이 반기고

낯익은 기억이 엊그제처럼 반기는
세상에서 가장 편안한 모처,
지금도 외딴집 인기척은
세상의 모든 모정의 상징으로
여인의 시집살이는
그리움을 쪼개고 있다

깊어가는 겨울아

너의 깊음은 마치 초저녁을 지나
이미 한밤중으로 가는 것 같구나
나는 기억하노라 시리고 목마른 이유를,
하지만 잠들 수 없는 이유까지도
나는 기억하노라
깊음으로 가는 겨울아,
그저 가지는 않는다고
나는 말하고 싶구나

누가 그 시린 그리움을 알았더냐
또한 곧이 말하여 주었더냐
지금 눈에 보이는 세상 모든 것은 지금,
어깨를 움츠리듯
발을 동동 구르듯
손을 호호 불 듯하구나
그게 겨울이라고 말하지
사실, 그렇다

그것이 어찌 창밖의 이 겨울 뿐이랴
가슴속에 따스함을 갈망하는 시린 겨울은
너의 기억을 안다
깊어가는 겨울아,
나는 기억하노라 너의 발돋움 끝에는
다시금 봄이 있다는 것을,
울림의 찬 기온 끝나는 날
위안의 어깨 펴리라

누가 일깨워주었더냐
시린 한밤중의 시간이라도
사랑이 있는 한 깊어가는 겨울 너머
거기 훈훈한 봄의 기다림
나는 견주리라
그리하여 끝내 봄빛 환희에 젖는
새벽 눈망울의 깊이로
영광의 읊조림 거두리라

씨앗은 별이다

시린 날에 무덤처럼 느껴졌던 그곳이
꽃들의 씨앗이 잠든 방한복
굳은 땅에 발 구르는 소리가 들리면
그 깊은 잠은 깨어나서
만감의 별로 뜬다

그토록 훤한 대낮이라고
영영 잠들지 못한 씨앗의 단내를 잊지 말 것은
아릿한 썩어짐의 자리 깨어나
만상의 별 헤는 충만
깊은 소원으로 뜬다

뭍이 시려서 가슴까지 시렸던 날에
가득한 염원의 밑그림 부러
소곤대는 숨결의 등경
새로움의 기별 하나의 중심으로
등선의 빛으로 뜬다

제각기 시절을 독려하리니
움트고 줄기를 뻗어서 하고 싶은 갈채는
귀중한 꽃의 환희 여며
외딴 그 자리 진동의 몫이 되어
회복의 빛으로 뜬다

들릴 듯 함성의 도가니
그날의 기약이 다 차오르면
더욱 남겨진 메아리의 울림 가다듬는 기별
세상 씨앗이 발하는 짙푸름
가슴속에 별로 뜬다

까마귀의 추억

구슬프게 울었던 기억아,
허공의 메아리였을까,
까닭이었건만 짊어지고 말았지
맑은 이슬이 풀잎에 어울렸을 때에
여쭘의 맑음 그 하나
여린 가슴 휘돌았을 것을
거기 기억 하나의 그쯤,
그저 영문 모르고 방향의 응시였다

지금도 생생한 나의 추억아,
저 까마귀 날갯짓
그 어디 메 깃든다고 하였을까,
시선에 목마름이었을까,
지난한 그 세월의 등잔을
태우고 또 태웠을 추억아,
아직도 불러야 하는 삶의 애련한 가시거리
하나의 기약 붙잡는다

그래, 소리 없이도 울어야 하는 이,

가슴으로 불러야 하는 이,

일깨워진 소중함에 터를 잡았으니

닳고 닳을 기억의 잔주름 후회하지 않으리라

지나간 날들보다 다가올 그날의 소원

이렇게 가슴앓이 품었거니

그렇게 웃자라지도 않은 채

아직도 허공의 그리움 자락 늘어지노라

거기 기다림까지 어쩌랴?

꽃피고 새가 우는 날에 저 아름다운 염원,

그래, 허공의 가득한 울림이라

그래, 그 어찌 쇠하고 말랴,

또 저만치 향긋한 소회 불러일으켜 가득 차오르리니

더욱 빚어지는 추억의 등잔,

까마귀 울림의 추억으로

기꺼이 이어 가노라

강물은 흐른다

갈대밭 우수수 희어지더라
맑음 하나 실어두고
그리운 눈빛 여며두고
발길 붙잡던 그 여력
아롱지며 아른아른거리며
여쭘의 강물은 흐른다

한 시절, 두 시절 올곧더라
마른 듯 마르지 않고
굽이굽이 갈길 뒤척이며
여울 소리 빚어내며
가쁜 숨 다독이며
염원의 강물은 흐른다

짙푸름도 갈 빛도 어루만지더라
떠나고 남겨진 그 자리
그토록 풍경의 속삭임 두고
눈빛 아려한 샛강 소리로
발등을 적시고 어깨를 걸친 세월
기별의 강물은 흐른다

물풀 수런수런 깊어지더라
고적한 강변의 그 언어
찔레꽃 향유로 남겨지던 곳
아직도 주마등 꺼지지 않는 그 자리
촉촉한 연민의 깊이로
그리운 강물은 흐른다

청구서

날은 좌판의 기억이랄까
거기 삶을 흥정하다 보니 쌓이는 청구서
아직도 빛나는 청춘 앞에 가닥가닥 여미는 기억들
매 순간이 얼마큼의 환상인가?
거기 내리사랑이 눈물지었다
여린 고사리 손끝이 아른거렸다
이쯤의 추억 하나를 덧대어두면서
버팀의 여력을 엿본다
세월은 이고 지리 그 어느 경점의 목적인 것을
그 소회의 날은 소중하다
그리하여 어느 날엔가
알뜰한 당신의 몫이었다고 하였을,
진실한 여쭘의 그 하나
그것은 여묾의 역사,
인생은 그것의 발돋움을 엮는 것
문득 돌이켜 보았을 이유,
무심한 혼돈의 배회를 지나도
맑은 강물은 의연하듯이
끝내 다다를 그곳의 그리운 실랑이,
또 하루 가슴앓이 청구서
그 한 장의 행복으로
촉촉함 번지는 이윤이라고
삶의 명세표 만지작거린다

푸른 초승달

험준한 고봉이 피어난 아름다움
거기 천 길 낭떠러지 벼랑길 굽이굽이 끝에
아득히 껌벅거리며 지지 않는 초승달,
그 비춤,
그리운 달을 채우고
고적한 세월 채운다

막막한 협곡의 밤이여!
푸른 불빛 아른거리는 기억 속으로
더욱 민낯을 내밀고
우직함을 내밀어
여쭘의 눈빛,
언제나 새벽을 그리워하여라

아주 먼 그곳에서
각질의 아픔이 군더더기 같은 그곳에서
가까이 아침이 동트고 있나니
거기 절망을 밝히고
거기 곧이 소망을 밝히며
애증을 태워라

얼마큼 달무리가 졌을까?
시간의 길이 닳고 닳아서 그만 찾은 달빛
그 푸른 초승달,
세상의 짐을 지고 내렸을 그곳,
삶이 아파서 웃었고
삶이 기뻐서 눈시울 붉었으리라

———

   페루 콜까협곡의 산가예 오아시스에 부쳐

취락지구

강바람 산바람이 불고 있는데 한적한 다짐일까
마른 풀잎 사이로 세월의 귀띔이다
늘어진 샹송의 울림만이
숲 바람의 입김으로 거듭난다
어떤 집은 꽤나 잘사는 것처럼 꼴 보기 싫게
와서 살 것도 아니면서
덩그러니 집 한 채 지어두고 왔다 갔다 하는 모양새
원주민의 능청의 도화선이다
말이야 바른말이지
그뿐이랴, 하던 일 잘 안되면
차라리 시골 가서 농사나 짓는다고
입버릇처럼 뇌까린다
하지만 잠시 머물러보면 알 수 있는 그 처세
낭만은 잠들고 깊은 선잠이 깨어나서
손과 발의 오금이 저리게 한다
취락지구, 누구의 부산물인가?
그곳은 틈새시장이 아니다
소탈하게 부스러지지 않으면
마음의 멍 들것이 빤한 일이다
거기에 주인은 주인답게 사는 것이다
어떤 이의 후회스런 뒷모습이
먼발치 속삭임으로 쓸쓸하다
하지만 우직한 산그늘의 깊은 정념은
예나 지금이나
삶의 기억 하나쯤
깊은 소수점으로 찍어 두었다

산모퉁이 돌아가는 길

언제나 그 길 걸어도
거기 사는 설렘이 반기듯
한해살이 억새와 갈대가 나뉘어
산모퉁이 계곡을 살고
지저귀는 산새들의 정담이
그리운 인사를 나눈다

나이 든 사람이
그 길은 추억이라 하고
흐르는 강물의 등줄기가 더불어
끝내 꽃피고 마는
분분한 향취 어린 곳
아득한 시선의 헤아림이다

옛적 마을의 연기 피어오르던 곳
낯익은 산모퉁이 길에서
만나는 그리운 바람들 더불어
그곳은 풀잎의 속삭임
맑은 이슬이 초롱별이 되는
고향 가는 정감의 길이다

그 길을 다 지나서
모두가 삶이라고 하였던 것을
그렇게 이별과 아픔이
꽃잎의 사연으로 만감의 무게를 두고
산모퉁이 돌아가는 길
세월 모퉁이 아련한 길이다

팡파르

거기 사람이 울었다
정말 고마워서 울었다
뜨거운 기운을 냈다
숨 빗소리 같은 속삭임에
더 한 번 따뜻하였다
깊은 수렁에서 기꺼이 피워 올린
한 송이 꽃의 경우
낯설지도 않고 어색하지도 않았다
거기 귀띔의 바람이 부드러웠다

이미 절반의 시작
아직이라는 미완의 과제
참고 견딘 아름다운 여력
발자국 뒤안길로 새롭다
여쭈는 삶에 있어서
그 이름값이란
어떤 허투루 지지 않을
숙연한 갈채
그것은 약속의 행복이다

거기 내가 울었다
거기 네가 울었다
거기 우리가 또 웃었다
세상 기이한 선상에서
두둑하게 살피는 여정의 귀로에서
절반의 아픔이
절반의 기쁨이
날에 날로 헹가래 치지만
삶은 팡파르다

벌새를 생각하다

작디작은 매무새에서
그리도 강인한 힘이 솟구치는가?
그것도 허공의 유영으로
순간의 기억처럼 초당 날갯짓 55번,
나는 그 벌새를 생각하노라
그 염원을 기억하노라
삶이 힘들다는 것에 덧붙여
짐짓 아우성에 덧붙여
작은 벌새를 아우르노라
그리하여 살아 숨 쉬는 것이 아름답다
존재의 가치가 숭고하다
날마다 떠오르는 태양은
그 크기가 지구의 백만 배만큼이라는데
그 아래 일생, 현실감으로
점이 되고 인격이 되어 사는 것을,
어찌 저버릴까
나는 작은 벌새를 헤아리노라
작은 울림의 우주를 두고
거기 더불어 사무침이 되어
영원한 추억의 지금,
작은 벌새의 경이로움이라고
지금 살아 있음에 대하여
하늘 우러름의 감사로 마음 여쭈어
인내의 쓴잔도 마시며

삶의 날갯짓 무구한 생각의 깊이로
세상의 작은 벌새의 몸부림,
나는 어깨동무하노라

벌새, 칼새목과의 조류. 몸길이는 6.5~21.5cm으로 다양하며 지구상의
330종류가 있다.
초당 55번의 날갯짓으로 허공의 중심을 잡음, 경이롭다

전나무 숲의 속삭임

실바람 소리 죄다 거들어
짙푸른 잎 새 끝에 줄기차게 매달아
한 줄기 그리운 열망
우직하게 펼쳐두었거니
그 어떤 침묵이 진지한 전나무 숲의
깊이를 견주나

해 그림자 유유히 뒤척이는 곳
그곳 흐르는 헤아림의 줄거리
스륵스륵 푸르른 것을
거기 피톤치드뿐이었을까?
그보다 더한 것이
거기 한 아름의 몫이다

세상 누구든 삶이 그리워지는 날은
올곧은 숲의 방향을 거들고
삶의 무게로 쓸쓸한 날은
숲의 인내를 거들어
영걸의 기억일 듯이
존재라 일컬을 것이다

거기 세월의 매듭을 두고
가슴앓이 풀어야 할 존재에 대하여
숲은 기억으로 걸쳤다
세상 얼룩진 사연 속에
엿듣는 숲의 속삭임
그 끝의 희망을 거두리라

전나무, 소나무과에 속하는 늘푸른큰키나무, 전남 화순 만연사 들머리에는 800년 되었다고 한다.

섬개야광나무

세상 그 섬에서
고독하게 아름다운 그 섬,
대한민국 울릉도에서
독도를 곁에 두고
밝은 이름으로 빛나는 나무여!
여력의 바람결도 그만 놓아버린 그곳에서
면면히 지키는 숭고함의 가치
못내 그리움이 어둡거든
너무 외로워서 헤아리지 못하거든
그 이름으로 밝혀다오
산다는 것이 바로 그거라고
뭍의 기다림을 향하여
입에서 입으로
생각에서 생각으로
깊이 뿌리내리게 해다오
그리하여 서정이 밝아지고
추억이 오래 머물도록
고독한 섬,
그 섬의 깊은 멋으로
천혜의 낭만 충만하게 읽혀다오
그 섬 속에 숨결이 되어다오
꿈결이 되어다오

———

섬개야광나무, 환경부 지정 멸종위기 야생생물 1급 종으로 분류, 세계에
서 대한민국 울릉도에서만 자생하는 나무로 바위지대에서 자라는 낙엽
떨기나무랍니다.

자귀나무 애수

그곳에서 자라는 나무
겨울 차디찬 바람 기꺼이 쐬며
꽃피는 추억의 사랑
엿보게 하나

차라리 외로움에 늠름하다면
마주친 헤아림의 눈 맞춤
쓸쓸함에 철들고
회한의 숨결 깊으리라

죄다 마른 씨방의 울림으로
움츠러드는 기억
거기 편만의 사랑은
얼마큼 뜨거우랴

봄빛 가슴앓이 움트고
풋풋한 정념의 속삭임 깊어지면
그토록 고독한 배회 내숭이 아니었다고
우러름의 연민 읽히리라

한층 더 뿌리는 깊고
잎 새 늘어뜨리는 기개는 돋보여
꽃잎에 울먹거리는 환희
능선에 메아리로 남으리라

———

자귀나무 꽃말, 환희, 두근거림이라 합니다.

바다의 이야기

바다는 들먹거렸다
그냥 들먹거림이 아니었다
거친 세상의 기억을 읊조리게 하였다
거기엔 여물어 말할 수 있는
지긋한 사귐의 속삭임
곧이 들먹거렸다

그것 하나면 바다의 청춘이다
마음 가닿을 낭만이다
하나의 추억에서
저만치 추억을 끌어당기는
섬 하나의 곁으로
그리워함이다

거친 바다에 앉아도 보고
거기 필연적으로 누워도 보고
질퍽한 이유 앞에 두리번거려도 보고
그렇게 짊어진 어깨가 되어
그땐 바다에 대하여
비로소 말할 수 있는 것이다

바다의 이야기가 저기 저만치라도

심장 속에 사무치도록

바다의 길을 걷고

아픔을 쓰다듬어

그로 여며둘 것이면

비로소 바다라 일컬음이다

사색의 일념이 깊어질수록

바다의 고뇌가 들리는 것

삶의 절절한 물끄러미

그 하나의 도드라지는 이유

바다는 들먹거려

형언의 헤아림 남긴다

복수초의 사랑

아직은 엄동설한 그곳에
얼마나 그리운 일념이었는가?
누군가 기다려, 헤아려
모질게 사무치는 그 설렘 끝에
애달픈 한 아름의 꽃으로
기꺼이 자처하였구나

세상이 그렇게 급하였던가?
그토록 섣불리 피어나야만 했던 사연아
까마득히 기억하였던 곳에서
다시금 읊조려 아름다운 사랑아
사랑은 그렇게 여무는 것을
지난 세월이 읽힘이라

삭막한 그늘에 서서
그렇게 한 송이 꽃을 만난다는 것은
그리하여 행복의 눈시울이란 것은
아마도 어느 추웠던 마음이
못내 잊지 못하였을 것이라 하여
그렇게 그 자리 기억하리라

그리하여 너의 겨울날을
그리하여 너의 봄날을
그리하여 너의 깊은 사랑을
하늘 우러름의 높이로
가시거리 너의 꿈으로
사랑이란 두 글자 가꾸리라

유월의 푸른 엽서

어디 한 곳 푸르지 않은 곳이 없는 듯
신록이 물든 정겨움 하나로
풋풋한 기운
향긋함 바람결에 띄워 보낸다

접시꽃 우두커니
빨갛게 하얗게
귀띔의 송영 되바라져도
지치지 않게 버틴다

나무마다 걸쳐낸
우직한 세월의 지긋한 노래
굴곡진 여원의 강
그 틈바구니 새롭다

절정의 푸른 언약
위로부터 땅으로부터 입증이 되어
읽어야 할 세상 기척이라고
유월의 푸른 엽서 어질다

거기 종달새 노래
한줄기 울림까지도 돋우어
그리워함에 대하여 어떤 연유 아니겠냐고
시나브로 지금이다

억새

서걱서걱 가을 사랑 외고 있다
잿빛 그리운 꽃빛 하얗게 다 세하도록
갈빛 사랑 두리번거리고 있다

일찍이 봄날의 설렘이었다
먼 날의 시선 어리는
고적한 광야에 기다림이었다

남겨진 적막함 속
스쳐 간 여정도 남겨진 추억도
쓸쓸함이 감도는 덧없는 풍경이었다

초연함은 흐트러지지 않았고
조용한 소원 나지막이 사무쳤으며
숨어 우는 바람 소리 가득하였다

거친 땅 질긴 자생력으로
들풀 가운데 올곧게 자라 마디마디 치켜세운 늠름함
거기로 비침은 부요함이 서린 비밀스러움이다

억새, 꽃의 화사함은 아니었다
그럼에도 부드러움 한껏 내밀어
깊어 가는 가을의 정취를 하얗게 새겨내고 있다

언제나 그리움의 흔적,
성성하게 엮어내는 시절의 사귐
그렇게 형체 없는 아름다움을 사랑하고 있다

해바라기

해를 향하여 숨을 쉬고 있구나
일찍이 해를 등질 수 없음은
세상에 밝은 웃음 저버릴 수 없음이겠다
옹기종기 한밭에 속삭이는 기별이구나
공감하는 향기로움에 젖어
사막에 시나브로 그 마디를 치켜세웠다
멀리서도 그 꽃빛 확연한 역광
숨은 사색의 설렘을 이끌어낸다
화사한 투영의 연사는
뜨거운 시절을 조용한 감성으로 품는다
무엇이든 비추어 내는 것은
그 속에 여력을 품고 있는 증언이다
그 역광이 여력으로 이어지면
그것은 세상에 화사함이고 웃음이다
흐린 날에도 해바라기 기대는
고운 열망을 품고 고개를 떨구지 않는다
쟁반처럼 펼친 꽃빛 갈망
그 해바라기 깊은 기다림 속에는
어느 순간 검게 그을린 소망이 촘촘하리라
세상에 해바라기,
내 마음에 해바라기,
세상에 모든 것은 해바라기 일생을 산다

바람이 불면

여린 꽃 한 송이
비록 이름 없는 기슭에 피었다지만
바람이 불면, 바람이 불면
진한 향기로움 그 어귀를 피어올라
너른 청산에 소문이리라

계곡이 깊어 건널 수 없다 하였다
잊혀진 기억 같아서
알아볼 수 없다 하였다
그래도 바람이 불면, 바람이 불면
그 너른 계곡 건너 만상에 그윽하리라

뿌리 내리고 움텄을 때
이미 기별은 기다림으로 이어져
이름 없는 청산 기슭에 소원이 되었으니
바람이 불면, 따스한 바람이 불면
거기 여린 향취로 정겨우리라

정녕, 바람이 불면, 바람이 불면
외진 기슭을 돌아 깊은 계곡을 건너
그 바람결에 실려
세상에 구별 진 향기로움으로
계절 속에 아름다움 여미는 기척이리라

낙엽 (5)

수런대는 낙엽아
내 읽어주마
대뜸 내민 형언의 말도
내 들어주마

지난 봄날의 추억을
나는 안다
여름날의 풋풋함도
나는 안다

떨어지는 낙엽아
붉은 밑줄 기억하마
깊은 연민의 기척
내 새겨두마

그런 다음엔
짐 진 세상이지만 그 짐 새겨두면
너의 갈망 엿보인다고
내 말하마

양지꽃

볕으로 가라
그 양지 볕으로 가라
그곳엔 꽃빛 오롯이 기다린다
마디마디 수놓는 계절의 숨은 그리움
한 아름 꽃빛 노랗다

그곳에서 무엇인가 느껴보라
그곳에서 무엇인가 살펴보라
그곳 낮추어 아니, 납작 엎드려
제 목숨 같은 꽃빛
수려하고 어질게 속삭인다

그 볕으로 가라
그 꿈으로 가라
양지 녘 양지바른 고백
노란 꽃빛 그 줄무늬 같은 사연
삶의 밑줄로 긋자

세상 비스듬히 한데 모여 가꾸는 정
우린 사랑하게 되리라
그 꽃빛 가꾸고 말리라
너무 여려서 선뜻 일어서지 않지만
그 꽃 볕 진실은 깊다

시절 헤아릴 꽃빛, 세상 견줄 꽃빛

그 볕으로 가라

그 양지 볕으로 가라

가서, 그 꽃의 노래 불러라

가서, 그 꽃의 기억 보듬어라

양지꽃, 장미과의 황색 꽃을 피우며 양지바른 풀밭에서 자란다.

잎은 뭉쳐 나오고 전초 높이는 덩굴성에 다년초로 자생한다.

소쩍새

꼬박 밤을 새운다
졸지 않는 파수꾼의 독려다
어둠이 내리고
어둠이 걷히는 순간까지
그 울림 하염없다

고독한 몸짓 허허 풀어
진심을 불태운다
목숨을 담보로 내걸었다
목청 드높이는 숨 가쁜 기백 하나
그 소명 하나다

고적한 기슭의 기척
못내 엿보아져
담담하게 엿들어져
그 갸륵한 뜻
가지런한 기억의 소회다

그토록 무엇이란 담대함
홀로 지샌 밤이라도
정녕 깃들고 있는 것을
발하고 있는 것을
소쩍새 울음 더불어 다진다

어둠 뒤척이는 바람의 흔적

오롯한 집념의 고백

밤이 맞도록 파수꾼의 아침을 내다보는

그 기다림의 여력

소쩍새는 부르짖는다

갈대밭에서

겨울 갈대밭
그리운 이름을 부르고 있다
서걱거리는 속삭임
잿빛 꿈의 이야기로 가득하다

어찌하여 여기
그토록 쓸쓸함을 가르며 왔는가?
흔들거리는 낭만의 숨결
애틋한 선물로 느끼려 왔는가?

먼 길 철새는
어진 고향의 향유를 맡는 듯
작은 쪽배에 기댄 쉼으로
갈대밭 호젓한 정감에 취한다

다가서기만 하면
굳게 뭉쳐진 사색이 풀리고
이내 저만치 시선 그리움으로 밝아져
상념의 길 짙게 한다

기다림이란 이런 거다
허허벌판 갈채일 수 없는 어귀
이렇듯 애잔한 풍경 속에
아주 먼 설렘이 깃들었음이다

속살을 내민 길 따라
잿빛 읽혀지는 마디진 세월,
그 만만의 촛불 같은 하얀 꽃으로
내게 드리운 시절을 밝힌다

순천만 갈대밭에서

바람의 노래가 되리

초판 1쇄 인쇄 2022년 05월 20일
초판 1쇄 발행 2022년 06월 03일
지은이 서운근

펴낸이 김양수
책임편집 이정은
편집디자인 권수정
교정교열 임고은

펴낸곳 도서출판 맑은샘
출판등록 제2012-000035
주소 경기도 고양시 일산서구 중앙로 1456(주엽동) 서현프라자 604호
전화 031) 906-5006
팩스 031) 906-5079
홈페이지 www.booksam.kr
블로그 http://blog.naver.com/okbook1234
이메일 okbook1234@naver.com

ISBN 979-11-5778-448-6 (03800)

* 이 책은 저작권법에 의해 보호를 받는 저작물이므로 무단전재와 무단복제를 금지하며, 이 책 내용의 전부 또는 일부를 이용하려면 반드시 저작권자와 도서출판 맑은샘의 서면동의를 받아야 합니다.

* 파손된 책은 구입처에서 교환해 드립니다.   * 책값은 뒤표지에 있습니다.

* 이 도서의 판매 수익금 일부를 한국심장재단에 기부합니다.

이 책은 전라남도, (재)전라남도문화재단의 후원을 받아 제작되었습니다.